KB094872

변혁
1990

천지무천 장편소설

27

FUSION FANTASTIC STORY

변혁 1990 27권

천지무천 장편 소설

초판 1쇄 찍은 날 § 2017년 6월 13일
초판 1쇄 펴낸 날 § 2017년 6월 20일

지은이 § 천지무천
펴낸이 § 서경석

편집책임 § 김경민

펴낸곳 § 도서출판 청어람
등록번호 § 제1081-1-89호
등록일자 § 1999. 5. 31
어람번호 § 제1-2715호

주소 § 경기도 부천시 부일로 483번길 40 서경B/D 3F (우) 14640
전화 § 032-656-4452 팩스 § 032-656-4453
http://www.chungeoram.com
E-mail § chungeorambook@daum.net

ISBN 979-11-04-91360-0 04810
ISBN 978-89-251-3388-1 (세트)

변혁

1990

천지무천 장편소설

FUSION FANTASTIC STORY

27

Contents

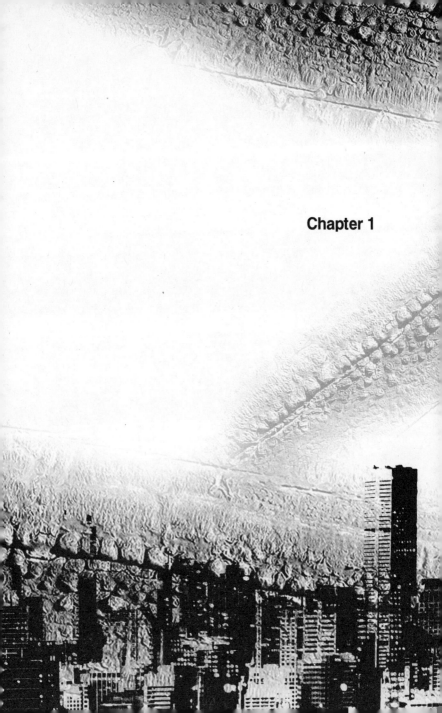

Chapter 1

　소로스 펀드 매니지먼트와 일본의 도쿄 외환시장 공략을 위해서 소빈뱅크 본사는 물론 서울과 도쿄, 그리고 뉴욕 지점의 핵심 구성원들이 모두 서울로 모였다.

　40~50억 달러에 달하는 자금이 소요될 것으로 예상하는 이번 작전에 소빈뱅크의 운명이 달려 있다고 할 수 있었다.

　아니, 소빈뱅크를 거느리고 있는 룩오일NY의 운명도 좌우될 수 있는 일이었다.

　룩오일NY 자체에서도 이번 작전에 소빈뱅크와 별도로 10억 달러의 자금을 준비할 예정이다.

"퀀텀펀드의 운영자금은 대략 50~60억 달러로 보고 있습니다."

소빈뱅크 뉴욕 지점을 맡고 있는 존 스콜로프의 말이었다. 역사대로 소로스 펀드 매니지먼트가 영국의 파운드화 공략에서 10억 달러를 챙겼다면 퀀텀펀드의 규모는 더 커졌을 것이다.

"운영되는 자금 중 얼마나 투자될 수 있겠나?"

"60억 달러로 가정할 때 50억 달러가 될 것 같습니다. 지금 우리가 준비 중인 자금 규모입니다. 하지만 그와 뜻을 함께하는 헤지펀드들의 자금도 염두에 두어야 합니다."

"음, 그럼 일본 중앙은행이 환율 방어로 투입할 자금은 얼마나 되지?"

"만약 소로스가 엔화를 타깃으로 삼았다고 가정하면 대략 100~150억 달러의 자금이 투입될 것입니다. 그 이상은 일본 중앙은행도 감당하기 힘듭니다."

도쿄 지점을 맡고 있는 데이비드 최였다. 그는 미국 국적을 가지고 있었지만, 어린 시절 부모를 따라 일본에서 고등학교까지 공부했다.

그의 어머니가 재일 교포였고, 아버지가 영국계 미국인이었다. 데이비드는 특이하게 어머니의 성을 사용했다.

그는 하버드와 MIT에서 회계와 수학을 공부했고, 미분기

하학으로 수학 박사 학위를 받았다.

데이비드 최는 뉴욕 지점 존 스콜로프의 친구이기도 했고, 그의 추천으로 데이비드 최를 받아들였다.

"여러 상황을 고려할 때, 회장님이 말씀하신 예상치 못한 일과 함께 저희 자금이 투입되면 시장의 흐름을 바꿀 수 있습니다. 여기에 몇 개의 투자회사가 함께한다면 저희가 의도하는 대로 시장을 움직일 수 있을 것입니다."

소빈뱅크 국제금융센터를 맡고 있는 소로킨 마트베이의 말이었다.

27살의 마트베이는 수학적 능력에 있어 천재적인 인물로 15살 때 모스크바 대학에 입학해 물리학과 통계학에서 박사 학위를 받았다.

하지만 이러한 마트베이의 능력을 구소련 당국은 장거리 핵미사일 개발에 이용했다. 구소련이 무너지자 마트베이가 소속된 연구소는 자금 문제로 지원이 끊겼고 마트베이는 실업자가 되었다.

먹고살기 위해 소빈뱅크에 행원으로 입사했고, 그의 재능을 발견한 이고르 소빈뱅크 은행장이 마트베이를 국제금융센터의 책임자로 임명했다.

2년간 마트베이는 런던과 뉴욕, 그리고 도쿄 등을 돌며 국제금융시장의 흐름을 익혔고, 영국의 파운드화를 공략할 때 팀원으로 참여했었다.

소빈뱅크의 국제금융센터는 모스크바에 있으며 내년 초 국제금융 활동의 중심지인 런던에 지점을 오픈할 예정이다.

국제금융센터는 뉴욕과 도쿄, 그리고 유럽 지점이 있는 독일과 연계하여 외환시장에서 각종 외환 거래와 채권 · 주식 · 원자재 · 곡물 그리고 파생상품까지 매매했다.

국제금융센터는 러시아에서 보안과 통신망이 가장 잘 갖추어진 곳이었고, 이 시설을 갖추기 위해 소빈뱅크는 5천만 달러를 투자했다.

최신 시설과 장비들을 갖춘 곳이라 뉴욕의 어떤 투자회사에도 뒤지지 않았다.

이곳에 근무하는 인물들 대다수가 수학, 물리, 통계학 등을 전공한 인물들로 수리적인 능력과 분석 능력이 뛰어났다.

"미국 쪽 투자회사들은 힘들 것입니다. 저희야 회장님의 안목을 믿고 나가지만 그들은 확실한 데이터를 요구할 것입니다. 당장 일어나지도 않은 일을 제시하는 거로는 그들을 끌어들일 수 없습니다."

뉴욕 지점의 스콜로프의 말이었다. 그의 말도 일리가 있었다.

영국의 파운드화 공격의 성공과 멕시코 페소화 가치 하락의 예측으로 소빈뱅크의 인물들은 나를 전적으로 신뢰했다.

하지만 투자회사들은 각자가 개발한 방식으로 투자 자금을 최적기에 투자하기 위해 엄청난 노력과 분석을 하고 있다.

퀀텀펀드와 함께 단기 투자를 겨냥하는 대표적 헤지펀드 중 하나인 타이거 펀드를 운용하는 타이거 사단의 실무자들은 방대한 기업분석을 통해 종목을 선택하는 전략을 편다.

이는 거시 경제 흐름과 정책 변화를 주로 고려하는 다른 헤지펀드와는 차별화된다

퀀텀펀드와 상장지수펀드(ETF)는 알고리즘에 의존하여 운영한다.

이들에게 내년 1월에 일어나는 일본의 변고를 말했다가는 코웃음을 칠 것이다.

회의실에 자리하고 있는 소빈뱅크의 인물들도 지금까지 내가 보여준 일들이 없었다면 나의 말을 믿지 않을 것이다.

"음, 이전처럼 러시아 중앙은행에서 자금을 빌려 오기는 힘든 상황인데."

러시아는 더욱 어려워진 경제 사정으로 인해 외환자금이

이전보다 줄어들고 있었다.

이번 작전엔 적어도 100억 달러의 자금이 있어야만 안심할 수 있었다. 옐친의 통치 자금을 이용한다고 해도 5억 달러 정도였다.

러시아의 국내 상황이 어려워질수록 통치 자금도 줄어들었다. 그만큼 돈을 써야 할 일들이 많아진 것이다.

"현재 자이르공화국 모부투 대통령의 자금 37억 달러 정도가 소빈뱅크에 있습니다. 그리고 내년 1월까지 2~3억 달러는 투자 수익으로 벌어들일 수 있습니다."

이고르 소빈뱅크 은행장의 말이었다. 분산되었던 모부투의 비밀 자금들이 소빈뱅크로 모인 결과였다.

이고르는 영국 영란은행의 공격을 주도했던 인물이었고, 올해 9월에 소빈뱅크 은행장에 올라섰다.

"하하하! 그 돈을 잊고 있었군. 그 정도의 자금이면 탄알은 충분하지 않을까?"

내 말에 회의실에 참석한 모두가 웃음을 지으며 고개를 끄떡였다.

모부투의 자금까지 사용된다면 100억 달러에 달하는 자금이었다.

일본 중앙은행과 함께 움직인다면 조지 소로스는 큰 낭패를 당할 것이 분명했다.

소로스가 우리의 요구를 받아주지 않는다면 퀀텀펀드는 큰 타격을 입을 것이다.

*　　　*　　　*

러시아가 경제적인 어려움에 부닥쳐 있었지만, 모스크바는 변화의 바람이 불고 있었다.

시장 자유주의가 가져다주는 변화는 이전에는 볼 수 없는 상품들과 새로운 건물들이 하나둘 늘어난다는 것이다.

거기에 자동차의 수요도 점차 늘어나고 있었다. 모스크바 도로에는 예전보다 다양한 종류의 차들이 달리고 있었다.

그러한 차량들이 양쪽으로 비켜나듯이 갈라지면서 코사크 경호 차량에 둘러싸인 최고급 벤츠에게 길을 내주고 있었다.

마치 벤츠 차량에 누가 타고 있는지 아는 것처럼 말이다.

"모스크바도 많이 달라지고 있군."

내가 처음 모스크바를 방문했을 때와는 많은 변화가 이루어지고 있었다.

"민영화된 새로운 회사들이 신규 건물들을 짓고 있습니다."

비서실장인 루슬란의 말이었다. 그의 말처럼 국영기업들이 하나둘 민영화되면서 새로운 회사들이 늘고 있었다.

문제는 민영화된 회사들의 이익이 회사에 소속된 사원들과 그 가족들에게 돌아가지 않는다는 것이다.

대부분 회사의 주인이 된 인물들과 측근들에게 부가 집중되고 있었다.

그들 중 상당수가 러시아의 정부 관료들이었고 또한 그들과 연관된 인물들이었다. 권력과 자본을 움직일 수 인물들에게 러시아의 돈이 흘러들어 가고 있었다.

"노바닉스E&C가 바쁘게 돌아가겠군."

노바닉스E&C는 한국의 닉스E&C와 합작한 건설 회사였다. 러시아의 건설 사업에 뛰어들기 위해서는 현지 회사가 필요했다.

러시아 정부의 정책도 올해부터 국내 회사에 우선하는 정책을 펴고 있었다.

한국 기업인 닉스E&C를 밀어주는 것은 한계가 있었다. 그래서 새롭게 세운 회사가 노바닉스E&C였다.

"예, 룩오일NY의 산하의 기업들과 그와 연관된 회사들의 건설 사업을 도맡고 있습니다."

현지 건설 인력에 대한 어려움을 겪고 있는 다른 회사들과 달리 노바닉스E&C는 건설 인력 수급에 있어 어려움이 없었다. 북한의 건설 노동자는 물론이고 현지 건설 노동자의 수급을 담당하는 회사들에서 최우선으로 인력을 공급받고 있었다.

건설 인력을 공급하는 회사 중 상당수가 마피아가 관리하는 회사였다.

이는 모스크바의 80%를 장악하고 있는 말르노프를 비롯한 나에게 충성하는 마피아의 힘이 작용한 것이기도 하다.

"건설 사업은 앞으로 크게 성장할 사업이야. 러시아 정부에서도 국내 경기를 끌어올리기 위해서도 인프라 구축에 상당한 투자가 이루어질 거야."

러시아는 늘어나는 실업자들을 해결하려는 방편으로 공공시설에 대한 공사들을 늘리기로 했다.

또한 쿠데타로 파괴한 건물들의 복구 작업도 더욱 활발하게 진행할 계획이었다.

이러한 일을 가능하게 한 것은 체첸사태가 최악의 사태로 들어가지 않은 것이 주요했다.

체첸사태는 러시아에 있어 앓는 이와 같았고 옐친 대통령에게 정치적인 부담감을 주었었다.

옐친이 원하는 방향으로 체첸이 흘러가자 그는 강한 자신감으로 경제에 집중할 수 있게 되었다.

"예, 그런 움직임들이 곳곳에서 보이고 있습니다."

루슬란의 말처럼 모스크바 중심지로 들어서자 공사 현장이 더 눈에 띄었다.

＊　　　＊　　　＊

　룩오일NY가 요청한 모스크바 방송 인수에 대한 심사가 열리는 회의장의 분위기는 어수선했다.

　룩오일NY가 인수하려는 모스크바 방송은 모스크바는 물론이고 러시아의 주요 도시에 방송을 공급하는 TV 방송사였다.

　러시아에서 모스크바 방송의 영향력은 적지 않은 위치에 있었다.

　"룩오일NY가 방송까지 장악을 하면 러시아에서 룩오일NY를 견제할 수 있는 곳이 없게 됩니다."

　심사 위원 중의 하나인 구세프의 말이었다. 그는 룩오일NY를 견제하는 기업들의 후원을 받고 있었다.

　"룩오일NY만큼 러시아 경제에 도움이 되는 기업이 없습니다. 방만하게 운영되었던 모스크바 방송을 제자리로 돌려놓을 수 있는 곳은 룩오일NY밖에는 없습니다."

　룩오일NY을 지지하는 위원의 말이었다.

　"모스크바 방송은 다른 기업과는 다릅니다. 언론은 중립

을 지켜야 할 곳입니다. 커다란 영향력을 지닌 기업에 넘어
가면 통제권을 상실하게 됩니다."

"무슨 소리입니까? 그럼 다른 기업에게 넘기면 통제권이
지켜지는 것입니까?"

심사 위원들은 치열한 설전을 벌였다. 방송의 영향력을
아는 정치인과 기업들이 합심하듯이 룩오일NY에 모스크바
방송을 넘길 수 없다는 우려와 의사를 심사 위원들에게 전
달했기 때문이다.

심사 위원들도 영향력 있는 기업과 인물들의 이러한 견
해를 무시할 수 없었다.

심사회의장은 팽팽하게 절반으로 나누어진 심사 위원들
의 논쟁장으로 변해 버렸다.

결국 심사는 삼 일 뒤로 연기되고 말았다.

*   *   *

"모스크바 방송 인수와 관련된 반대 여론이 커지고 있습
니다. 반대를 주도하는 인물은 빠블로프 국회의원입니다.
그의 뒤에는 러시아의 주요 기업들이 있는 것으로 파악되
었습니다."

루슬란 비서실장은 모스크바 방송 인수와 관련된 그동안

의 결과를 보고했다.

빠블로프는 옐친의 정적인 겐나디 주가노프 공산당 당수의 오른팔과 같은 인물이다.

러시아의 공산당은 옐친이 주도한 자유주의 경제정책 실패를 강도 높게 비판했다. 이번 12월에 치러진 러시아 국회의원 선거의 비례와 지역구에서 전체 450개 의석 중 3분의 1을 차지했다.

이런 공산당의 약진은 옐친 대통령의 정치적 부담감으로 작용했다.

그렇기 때문에 이번 모스크바 방송 인수에 옐친이 전면에 나설 수가 없었다.

"특히나 이번 선거에서 공산당이 선전할 수 있었던 것도 기업들의 후원이 크게 작용한 것 같습니다. 그러다 보니 공산당이 주도적으로 모스크바 방송 인수에 제동을 걸고 있습니다."

룩오일NY를 견제하기 위해 러시아에서 영향력이 큰 기업들이 이번 선거에 공산당을 지원했다.

이를 통해서 몰락했던 공산당이 다시금 부활의 날개를 폈다.

"음, 본격적으로 룩오일NY에 견제를 시도하는군."

방법을 찾아야만 했다.

모스크바 방송을 인수해야만 앞으로 이러한 견제도 막을
수 있는 장치가 마련되는 것이다.

＊　　　＊　　　＊

빠블로프는 회심의 미소를 짓고 있었다. 모스크바 방송
이 룩오일NY에 인수되지 않는다면 그의 수중에는 2백5십
만 달러라는 거금이 들어오게 된다.

지금까지 받아온 뇌물을 모두 합한 금액보다 컸다.

"룩오일NY가 활발하게 로비를 하는 것 같습니다."

빠블로프의 추천으로 이번에 국가 두마(하원) 의원 배지
를 단 이바노바의 말이었다.

이바노바는 빠블로프보다 다섯 살이 어린 43살이었다.

"로비를 해봤자지. 이미 대세는 기울었어."

"표도르 강이 가만있을까요?"

이바노바는 걱정스러운 표정으로 말했다. 러시아 제일의
기업인 룩오일NY를 이끄는 표도르 강의 위세는 대단했기
때문이다.

그와 적이 되면 안 된다는 말이 러시아 정·재계에 퍼져
있었다.

"우리가 불법을 저지른 것도 아니잖아. 그리고 표도르 강

은 러시아 재산을 강탈해 간 놈이야. 우리 공산당은 연약해진 러시아를 다시금 강한 조국으로 만들 의무가 있어."

"표도르 강은 모스크바의 마피아까지 굴복시켰다는 소문이 있어서 하는 말입니다."

"하하하! 소문은 언제나 과장되어 있어. 우린 이 나라의 국회의원이야. 마피아 놈들과 어울리는 표도르 강을 무서워할 이유도 그럴 위치도 아니야."

이번 선거로 제2당이 된 공산당에 속한 빠블로프는 표도르 강에 대한 소문에 대해 전부 믿지 않았다.

더구나 모스크바 방송의 매각은 합법적인 범위에서 영향력을 행사할 뿐이었다.

"다른 국회의원들과 정부 인사들은 표도르 강을 두려워하는 눈치였습니다."

"썩어빠진 놈들이나 그러는 거야. 진정한 러시아인은 이방인을 두려워하지 않아. 다시 한번 말하지만, 표도르 강은 옐친에게 빌붙어서 러시아의 국부를 강탈해 간 놈일 뿐이야. 우리 공산당은 옐친은 물론이고 표도르 강을 이 땅에서 쫓아내야 해."

빠블로프는 표도르 강과 옐친에 대한 적개심을 드러냈다. 공산당 당수인 겐나디 주가노프는 강력했던 구소련의 영광을 다시금 재현하기 위해서는 물러터진 옐친 대통령이 하루라도 빨리 물러나야 한다 주장하였고, 빠블로프는 이에 전적으로 동조했다.

"후후! 확실히 놈이 단단히 미쳤군."

양쪽에 헤드폰을 쓴 인물은 빠블로프와 이바노바의 대화를 듣고 있었다.

그는 KGB의 후신인 연방방첩국(FSK) 소속의 요원인 글렙이었다.

"빠블로프는 러시아가 어떻게 돌아가는지 아직 모르는 것 같군."

글렙의 동료로 보이는 인물이 그의 말에 동조하듯 말했다.

연방방첩국의 요원 중 상당수가 코사크에 협조하고 있었고, 그런 FSK요원 대다수가 코사크에 입사하고 싶어 했다.

그들에게 있어 코사크는 기회의 장이었다.

"잘못된 선택을 하는 인물들이 먼저 사라지잖아."

"빠블로프는 잘못된 선택 정도가 아니잖아. 코사크도 빠블로프 주변을 조사하고 있다더군."

"그들도 어딘가에서 우리처럼 지금의 대화를 듣고 있겠지."

두 사람의 말처럼 빠블로프의 사무실을 주목하는 것은

FSK만이 아니었다.

빠블로프 건물의 위층에서는 코사크 정보팀에 속한 인물들이 감청을 하고 있었다.

"녹음은 다 했나?"

팀장으로 보이는 인물이 부하에게 물었다.

"예."

"나머지 정보들도 정리해서 본부에 넘긴다."

"체포는 언제 합니까?"

"글쎄, 체포보다는 빠블로프를 이용할 것 같은데. 지금까지 나온 내용만으로도 충분히 빠블로프를 매장시킬 수 있으니까."

팀장의 말처럼 빠블로프가 룩오일NY와 반대되는 일을 진행하는 순간부터 빠블로프를 비롯한 그의 가족 모두가 조사되고 있었다.

이미 빠블로프가 기업에게 받은 뇌물은 물론 지금까지 그가 저질렀던 탈세와 불법적인 일들이 모두 조사되고 증거가 확보되었다.

또한 마피아가 운영하는 술집에서의 매춘 행위에 대한 증거도 확보했다. 그리고 오늘 다시 확실한 증거를 위해서 빠블로프에게 접근한 여성과의 매춘 장면을 사진으로 찍을 예정이다.

이는 마피아가 정치인이나 기업인들을 협박하기 위해 쓰는 수법으로, 말르노프 조직에서 직접 작업을 벌이고 있었다.

이미 빠블로프의 20대부터 지금까지의 모든 행적이 연방방첩국(FSK)에서 코사크로 넘어왔다.

이러한 일들은 표도르 강의 지시로 이루어지지 않았다.

표도르 강을 비롯한 룩오일NY에 적대적인 행동을 보이거나, 위험에 빠뜨리는 단체나 인물들에 대한 자체적인 방어 시스템이 가동되어 위기 대응팀이 움직인 것이다.

거대 기업으로 성장해 가는 룩오일NY의 운영 시스템은 러시아나 다른 서방 기업에서도 찾아볼 수 없는 특별한 시스템이었다.

러시아의 특성과 서방 기업의 특장점만을 모아서 만든 운영 시스템이기도 했다.

지금도 계속해서 룩오일NY에 불필요한 부분과 부족한 부분을 보완하고, 새로운 발전 시스템을 개발하기 위해 두뇌 집단인 싱크탱크를 그룹 산하에 두고 있었다.

이를 위해 러시아는 물론이고 전 세계 유수의 명문 대학과 경영연구소 출신들을 섭외하고 스카우트했다.

*　　*　　*

빠블로프는 즐거웠다.

요즘 하는 일마다 술술 풀렸다. 자신이 지원했던 2명의
인물이 국회의원에 당선되었고, 자신이 주도적으로 진행하
고 있는 모스크바 방송의 인수와 관련된 일도 의도한 대로
흘러갔기 때문이다.

더욱이 자신의 눈에 쏙 들어오는 마리나가 바로 눈앞에
서 간드러진 웃음을 보내고 있었다.

마리나는 자신과 23살이나 차이가 났지만 그건 상관할
것이 없었다. 마리나는 권력과 돈을 원했고, 빠블로프는 마
리나의 아름다움과 젊음을 원했다.

모델처럼 아름다운 마리나를 자신의 것으로 만들기 위해
서 빠블로프는 그녀에게 아파트를 구해주었다.

빠블로프는 권력과 돈은 물론이고 여자까지, 원하는 것
을 다 얻어서인지 얼굴에 웃음이 떠나지 않았다.

"원하는 것 있으면 말해. 모든 사줄 테니까."

"정말요?"

빠블로프의 말에 마리나가 그의 목을 붙잡고 안겨왔다.

"하하하! 내가 거짓말이라도 할 것 같아?"

"아니요. 그럼 승용차나 하나 사 주세요."

"차가 필요해?"

"자기가 보고 싶을 때 빨리 만나러 가려고요."

"하하하! 그런 이유라면 당연히 사 줘야지. 내가 아주 멋진 차로 뽑아주지."

빠블로프는 마리나의 말에 흡족한 웃음을 토해냈다.

"고마워요."

마리나가 입고 있던 가운을 벗고는 빠블로프의 품속으로 파고들었다.

이러한 모습은 집 안에 설치된 카메라에 고스란히 담기고 있었다.

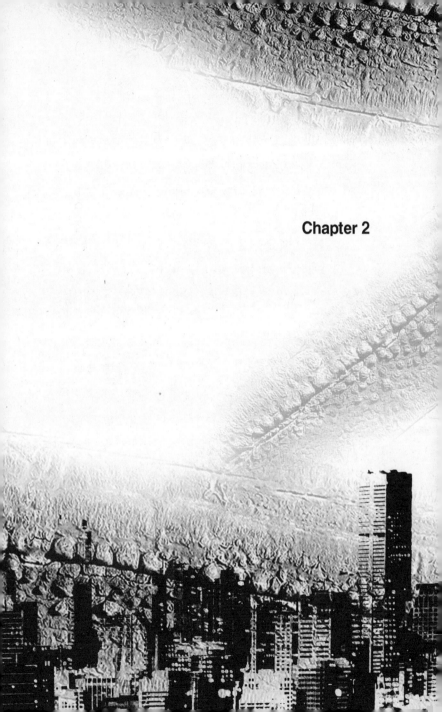

Chapter 2

　도시락 모스크바 현지 공장의 완공식이 펼쳐지는 자리에
는 프라드코프 총리와 모스크바 시장을 비롯한 각계의 주
요 인사들이 참석했다.

　그리고 초대 명단에 들어 있지 않은 빠블로프 국회의원
이 다급한 표정으로 참석했다.

　그는 완공식이 진행되는 내내 불안한 표정을 감추지 못
했다.

　"빠블로프 의원이 만나뵙기를 간절히 원하고 있습니
다."

루슬란 비서실장이 프라드코프 러시아 총리와 대화를 나누고 있는 나에게 다가와 전했다.

"하하하! 기고만장한 빠블로프 의원까지 회장님을 찾다니. 회장님의 영향력은 정말 대단하십니다."

놀란 표정의 프라드코프는 큰 웃음을 토해내며 말했다.

공산당의 약진으로 인해 옐친 정부는 원활한 국정 운영을 위해서 공산당에 소속된 인물을 정부 인사로 받아들일 생각마저 하고 있었다.

"아닙니다. 잠시만 실례를 하겠습니다."

"예, 다녀오십시오."

프라드코프 총리에게 인사를 한 후, 빠블로프가 기다리고 있는 장소로 향했다.

그는 회의실에서 날 초조하게 기다리고 있었다.

"한 번만 도와주십시오. 은혜를 절대로 잊지 않겠습니다."

빠블로프는 날 보자마자 고개를 떨구며 말했다.

"하하하! 무슨 말씀이십니까? 자, 앉아서 이야기하시지요."

난 대충 빠블로프에게 어떤 일이 벌어졌는지를 루슬란 비서실장을 통해 전달받았다.

"한 번만 도와주신다면 죽을 때까지 회장님 편에 서겠습니다."

내가 자리에 앉자마자 빠블로프는 다시금 나에게 고개를
숙이며 말했다.

"무슨 일인지를 알아야 제가 도와드릴 수 있습니다. 어떤
문제 때문에 그러십니까?"

난 아무것도 모르겠다는 표정을 지으며 물었다.

그러자 빠블로프는 내 옆에 서 있는 루슬란 비서실장을
쳐다보며 망설였다.

"밖에 있겠습니다. 말씀들 나누십시오."

루슬란은 눈치껏 자리를 피해주었다. 루슬란이 밖으로
나가자마자 빠블로프는 입을 열었다.

"후! 마피아에게 협박을 받았습니다."

빠블로프는 자신의 품속에서 사진 몇 장을 꺼내놓았다.
사진 속에 있는 인물들은 빠블로프와 그의 정부인 마리나
였다. 사진 속 두 사람은 전라의 몸으로 침대에서 뒹굴고
있었다.

처자식이 있는 빠블로프에게 지금의 사진은 모든 것이
한꺼번에 무너질 수 있는 치명적인 사진이었다.

언론에 알려지면 당연히 정치적으로 매장될 것이 뻔했
다.

"제가 어떻게 도와드리면 되겠습니까?"

"이 사진의 원본을 회수할 수 있도록 도와주십시오."

"음, 그럼 제가 얻을 수 있는 것은 뭐가 있겠습니까?"

세상에 공짜는 없었다. 더구나 공산당의 2인자에 올라선 빠블로프의 일이라면 말이다.

그는 이미 내가 모스크바에서 활동하는 마피아들에 대한 영향력을 갖고 있다는 걸 알고 찾아왔다.

빠블로프는 다른 해결책을 찾기 위해 동분서주했지만, 마피아의 협박을 견제할 방법이 없었다.

코사크가 가장 유력한 방법이었지만 코사크는 룩오일NY 산하의 기업이었다.

"조금 전 말씀드린 것처럼 회장님이 하시는 모든 일을 적극적으로 돕겠습니다."

"그런데 제가 듣기로는 저희가 진행하는 모스크바 방송 인수에 의원님께서 반대 의견을 적극적으로 개진하고 있다는 말을 하시던데요."

"용서해 주십시오, 저의 어리석음 때문입니다. 앞으로는 절대 이런 일이 일어나지 않을 것입니다. 이미 이곳으로 오기 전에 모스크바 방송 인수에 적극적으로 협조하라는 지시를 내리고 왔습니다."

이바노바의 말이 사실이었다. 표도르 강의 위세와 힘은 빠블로프가 생각했던 것 이상이었다.

"알겠습니다. 제가 힘이 될지는 모르겠지만, 의원님을 도울 방법을 찾아보겠습니다."

"감사합니다. 이 은혜는 절대 잊지 않겠습니다."

빠블로프는 내 말에 고개를 깊숙이 숙이며 말했다.

이미 코사크가 조사한 자료와 연방방첩국에서 전달받은 빠블로프의 비리와 연관된 자료들은 그를 옭아매는 올가미였다.

앞으로 빠블로프는 내가 원하는 대로 움직일 수밖에 없었다.

* * *

다음 날 열린 모스크바 방송 심사 회의에서 룩오일NY에 대한 모스크바 방송 인수 결정이 만장일치로 통과했다.

또한 신문사인 세보드냐의 인수도 그 자리에서 곧바로 결정되었다.

모든 일은 일사천리로 진행되었고 이전처럼 난상토론도 없었다.

모스크바 방송 인수에 반대했던 러시아 기업들은 이러한 결정에 난감한 모습을 보였다.

몇몇 기업 총수가 빠블로프에게 연락을 취했지만, 그와

는 연락이 되지 않았다.

빠블로프는 해외 시찰을 핑계 삼아 일본으로 출국한 상태였다.

―축하드립니다. 옐친 대통령께서도 이번 일을 크게 기뻐하셨습니다. 앞으로도 지금처럼 정부가 하는 일을 적극적으로 도와주시길 바랍니다.

안톤 바이노 대통령 비서실장의 전화였다.

"물론입니다. 룩오일NY는 정부의 협조에 늘 감사하고 있습니다. 룩오일NY는 옐친 대통령의 동반자로서 해야 할 역할에 충실할 것입니다."

―하하하! 좋으신 말씀입니다. 강 회장님의 말씀을 고스란히 대통령께 전하겠습니다. 그럼 다음에 뵙도록 하겠습니다.

"예, 감사드립니다."

러시아 정부도 발 빠르게 움직여 주었다. 인수 절차와 연관된 행정적인 문제들이 곧바로 처리된 것이다.

모스크바 방송과 세보드냐 신문사 직원들의 대다수는 룩오일NY 계열사로 편입된 것을 환영하는 모습이었다.

룩오일NY의 계열사에 속한 회사들의 복지와 혜택이 다른 러시아 기업들과는 다르다는 것을 잘 알고 있기 때문이다.

소수의 인물들은 공정한 보도를 해야 하는 언론이 재벌의 영향력에 들어간 것에 대한 우려의 목소리를 냈다.

하지만 인력 개편 작업에 들어가자 룩오일NY를 반대하던 목소리는 점차 사그라졌다.

방만하게 운영되던 모스크바 방송과 세보드냐 신문사에 변화가 필요했다.

이제 러시아의 언론까지 손에 넣은 룩오일NY의 앞길을 막아설 만한 장애물은 없었다.

Chapter 3

러시아는 한국과 달랐다.

약한 모습을 보이는 순간 득달같이 달려들어 가진 것을 빼앗아 간다.

순한 양처럼 기업 활동을 했다가는 러시아에서 살아남을 수 없었다.

마피아 간의 다툼이나 정치권의 싸움, 그리고 기업 간의 경쟁에서도 상대방을 어떻게든 쓰러뜨리기 위해서 피도 눈물도 없이 행동했다.

이번 모스크바 방송 인수전에서도 룩오일NY을 견제하려

는 기업들은 수단 · 방법을 가리지 않고 방해 공작을 펼쳤
다.

그리고 이제 그 대가를 치러야만 했다.

"가스프롬과 에르테에르(PTP) 방송이 주도적으로 앞장
섰습니다. 그리고 여기에 몇몇 올리가르히들이 합세했습니
다."

루슬란의 보고였다. 코사크의 정보팀은 빠블로프가 건네
준 자료를 바탕으로 두 기업을 조사했다.

두 기업은 광범위적으로 룩오일NY의 행보를 방해하기
위한 작업을 벌였다.

여기에 몇몇 신흥 재벌(올리가르히)들이 자금을 지원했
다.

"받은 만큼 돌려주어야지. 두 회사에 대한 비리를 모스크
바 방송을 통해서 발표해."

현재 가스프롬의 체르노미르딘이 회장이었고 그는 옐친
과도 친분이 두터웠다.

에르테에르(PTP)는 국영방송이라고 할 수 있는 곳으로
정부 지원이 70% 이상이고 나머지는 광고를 통해서 충당한
다.

PTP 방송은 러시아의 3대 방송 중 하나였고 대표는 게라
시모프였다.

두 회사와 신흥 재벌이 연대했다는 것은 룩오일NY에 대한 반발감이 생각보다 심하다는 것이었다.

이들 회사는 룩오일NY 산하의 기업들이 보여주는 혁신적인 회사 운영과 직원들의 복지 정책에 대한 불만이 컸다.

한마디로 다른 러시아 기업들에서는 할 수 없는 룩오일NY의 기업 형태로 인해서 내부 직원들의 반발과 이탈이 심해졌기 때문이었다.

더구나 러시아에서 배출되는 고급 인재들의 룩오일NY에 대한 쏠림 현상이 점점 더 늘고 있는 것도 다른 기업의 반발을 불러왔다.

한마디로 러시아 기업들은 룩오일NY처럼 할 수 없었다.

"예, 곧바로 두 대표에 대한 비리를 발표하겠습니다."

코사크가 조사한 대로 체르노미르딘과 게라시모프가 이번 선거에 공산당을 후원한 것이 알려지면 두 사람은 더는 두 기업의 대표직을 맡을 수 없을 것이다.

두 인물이 사라진다면 나머지 신흥 재벌들은 알아서 고개를 숙일 것이다.

루슬란이 나가자마자 부란의 대표를 맡고 있는 구세프최가 들어왔다.

부란은 러시아의 물류배송 업체로 러시아 전역을 커버하기 위해 물류 창고와 화물 수송기에 투자하고 있었다.

구세프 최는 모스크바 대학에서 경영학을 가르치던 고려인 3세였다. 구소련이 붕괴한 후 학교를 나와 모스크바에서 배송 업체를 운영했었지만, 마피아가 운영하는 경쟁업체의 극심한 방해로 결국 문을 닫고 말았다.

그의 사업체는 마피아에게 넘어갔고, 마피아의 운송사업체는 다시 말르노프 조직에게 흡수되었다.

말르노프와 라리오노프에서 분리된 운송 업체를 바탕으로 탄생한 부란에 대표가 된 것이다.

구세프 최도 러시아의 물류 배송에 성장 가능성을 보았고, 부란이 탄생하자 직접 회사를 방문해 자신이 구상한 러시아 물류 시스템에 대해 프레젠테이션을 진행했다.

나는 그 자리에서 구세프 최를 부란의 대표로 임명했다. 파격적인 결정이었지만 경영 능력을 갖춘 구세프 최는 그 누구보다 열심히 일했고, 부란을 빠르게 성장시키고 있었다.

"모스크바와 상트페테르부르크의 물류 창고가 완공되었습니다. 노보시비르스크와 니즈니노브고로드는 내년 중순에 완공될 예정입니다. 순차적으로 내후년까지 예카테린부르크……."

러시아에서 인구 100만이 넘어가는 도시마다 부란의 물류 창고들이 지어지고 있었다.

또한 러시아의 주요 기차역들과 연계된 창고와 철도 사업권의 지분을 인수하고 있었다.

"물류 수송에 필요한 화물 수송기는 5대를 매입했고 7대는 임대계약을 맺었습니다."

이를 위해 부란은 1억 2천만 달러를 투자했다.

러시아에서의 물류 수송의 대부분은 철도와 항공을 의존했다. 부란의 수송 트럭들은 철도역과 공항에서 물류 창고로 화물을 수송했고, 다시금 소형 트럭을 통해서 물건을 배송지로 배달했다.

현재 원활하게 물건을 공급하고 빠르게 배달할 수 있는 도시는 모스크바와 상트페테르부르크뿐이었다.

지금 러시아에서는 부란과 같은 형태의 물류 수송 전문 업체가 없는 상황이었다.

러시아는 물론이고 해외로 보내지거나 받는 물건들이 부란으로 몰렸다.

"모스크바와 상트페테르부르크의 인원 충원과 배치는 끝난 건가?"

"모스크바는 모두 완료한 상태입니다. 상트페테르부르크는 95% 정도 끝마쳤습니다. 내년 1월이면 모두 완료될 예정입니다."

러시아에서 넘쳐나는 건 인력이었다. 더구나 물류 사업

은 인력을 많이 필요로 하는 사업이었다.

"아직은 투자가 계속되어야 하지만 부란은 앞으로 룩오일NY에 있어 중추적인 기업이 될 거야."

나의 말처럼 부란은 다른 기업들과 달리 아직 흑자를 내는 기업이 아니었다.

내후년까지 계속된 투자가 이루어져야만 했다.

"예, 저도 회장님과 같은 생각입니다. 러시아에 물류 구축망이 갖추어지면 계획대로 동유럽까지 그 범위를 확대할 것입니다."

부란은 통해 동유럽은 물론 유럽 전역에 물류망을 갖출 예정이다. 또한 부란을 통해서는 육상 수송과 항공 수송을, 닉스코어에서 현재 운영 중인 3개의 화물선을 바탕으로 닉스해운을 설립해 해상 운송을 전담할 것이다.

현재 군수지원함 벨리키호와 3개의 화물선이 자이르공화국과 한국을 오가며 물자와 광물을 실어 나르고 있었다.

운영 중인 화물선 3대 중 2대는 벌크화물선이었다.

현재 닉스코어에서 곡물, 광석, 석탄을 포장하지 않고 그대로 선창에 싣고 수송할 수 있는 벌크화물선 2척을 추가로 구매하려는 협상을 벌이고 있었다.

2대 모두 파나막스 사이즈의 벌크화물선으로 파나마 운하를 통과할 수 있는 최대 선형이며 재화중량은 65,000에서 75,000톤의 선박이다.

내륙과 해상을 통한 광물자원과 에너지 수송 작업을 모두 룩오일NY와 닉스홀딩스에서 담당할 것이다.

모스크바 방송에 내보내려고 했던 체르노미르딘과 게라시모프의 비리 방송이 취소되었다.

방송을 내보낸다는 것을 의도적으로 두 사람에게 흘렸다. 이 소식을 듣고 두 인물 모두가 백기를 들고 항복을 해왔기 때문이다.

두 사람은 룩오일NY에서 요구하는 어떠한 조건이라도 받아들이겠다는 의사를 전달해 왔다.

두 사람 모두 현재의 자리에서 물러나는 순간 지금 누리고 있는 풍요로운 생활을 할 수 없었다.

더욱이 권력층에서 멀어진다는 것은 자칫 마피아의 표적이 될 수도 있는 상황을 만들 수 있었다.

두 사람은 지금의 자리를 차지하기까지 적을 많이 둘 수밖에 없었다. 권력과 돈이 있을 때는 상관없었지만 두 가지를 잃어버리는 순간 가족까지 위험에 처할 수 있었기 때문이다.

"가스프롬이 소유한 카스피해 파이프라인의 지분 25%를 넘기기로 했습니다. PTP 방송에서는 라디오방송국을 받기로 했습니다."

현재 카스피해 파이프라인은 체첸공화국의 수도인 그로즈니를 지나 동유럽으로 이어지는 파이프라인이었다.

45% 지분을 가진 가스프롬이 주도했고 러시아 정부가 30%를, 룩오일NY가 25%의 지분을 가지고 있었다.

하지만 이젠 가스프롬에서 넘겨받는 25%의 지분과 체첸 사태를 해결한 공로로 러시아 정부에서 부여하는 10%의 지분을 인수하면 룩오일NY의 지분은 60%로 올라선다.

지분 인수가 모두 완료되면 카스피해 파이프라인은 룩오일NY로 넘어오게 되는 것이다.

PTP 방송의 라디오방송국은 러시아 전역에 방송하는 전국 방송이었다. 현재 TV 방송보다 라디오를 듣는 러시아인들이 더 많았고, 러시아인들에게 끼치는 영향력도 상당했다.

전국적으로 따졌을 때 라디오가 오히려 TV 방송보다 여론을 움직이는 힘이 더 컸다.

가스프롬과 PTP 방송 모두 룩오일NY에게 알짜배기를 내어준 것이다.

"후후! 두 사람 다 배가 아프겠군."

"예, 하지만 두 사람 다 자리를 보존하게 되었으니까요. 저희를 반대했던 다른 기업들도 저희가 하는 일에 적극적으로 협조하겠다는 의사를 전달해 왔습니다."

학습 효과였다.

나와 룩오일NY에 대항하거나 방해하면 어떠한 결과가 발생하는지를 똑똑히 각인시킨 것이다.

"이번 일이 우리에게 큰 이익을 주었군. 그렇다고 기고만 장해서는 안 돼. 이 나라의 정치인과 권력자들이 지금은 갈 라서 있지만, 룩오일NY가 자신들의 통제권 밖이라는 것을 알게 된다면 무슨 수를 쓰더라도 무너뜨리려고 할 거야. 룩 오일NY는 충분히 그들 손안에서 협조하는 기업이라는 것 을 자주 드러내야 해."

실제로 민영화된 기업 중 러시아 정부가 필요로 하는 이 익에 부합하는 기업은 강제적으로 다시금 국영화시켰다. 그 대표적인 것이 가스프롬이었다.

정부 소유의 기업으로 바뀐 곳은 크렘린 주인의 측근이 대표를 맡았고, 그곳에서 나오는 막대한 이익 또한 크렘린 궁으로 흘러들어 갔다.

"무슨 말씀인지 알겠습니다."

"앞으로 모스크바 방송과 세보드냐 신문사가 그 역할을 잘 해주어야만 해. 룩오일NY가 러시아 국민에게 꼭 필요한 기업이라는 것을 잘 전달해야만 크렘린 주인이 바뀌더라도 우릴 함부로 할 수 없게 되니까."

다음 러시아의 지도자인 블라디미르 푸틴에 대한 대비책을 철저하게 준비하고 있었다.

그가 러시아의 지도자로 새롭게 나서기 전까지 러시아 국민들에게 룩오일NY에 대한 인식을 확고하게 심어놓을 생각이다.

그것이 모스크바 방송과 세보드냐 신문사를 인수한 목적이었다.

"예, 모든 일을 철저하게 준비하겠습니다."

루슬란 비서실장은 능력이 뛰어난 인물이었다. 그리고 그가 이끄는 비서실에 속한 인물들도 대단한 인재들로 구성되어 있었다.

147명으로 늘어난 비서실 조직은 룩오일NY 계열사에서 보내지는 보고서와 정보들을 함축해서 나에게 보고했다.

비서실은 미래전략부, 경영평가부, 기획부, 인사지원부, 금융지원부, 준법감시부로 나누어져 있다.

이곳에서 각 회사 간의 유기적인 협조 체제를 구축하여 각 회사가 필요로 하는 것에 즉각적으로 대응했다.

또한 각 회사의 대표들과 주요 인사는 비서실을 거치지 않고서 나에게 직접 보고를 할 수 있었다.

비서실의 권력화를 막는 방법이었고, 스베르타운에 모든 회사의 본사가 들어와 있기 때문에 가능한 일이었다.

룩오일NY와 닉스홀딩스는 미래에 행했던 가장 효율적인 경영 시스템을 구축해 나가고 있었다.

*   *   *

체첸공화국의 그로즈니공항에 도착하자 체첸의 새로운 지도자로 올라선 콜로레프가 마중 나와 있었다.

"이렇게 체첸을 찾아주셔서 감사합니다."

"하하하! 이렇게 초대해 주셔서 감사합니다."

그로즈니공항 주변은 코사크의 경호대와 체첸 방위군들이 경비를 서고 있었다.

체첸 경찰은 외로운 늑대들과의 전투로 인해서 상당한 피해를 입어 현재 그로즈니의 치안은 체첸 방위군이 맡고 있었다.

"하하하! 아닙니다. 체첸에 도움을 주신 것에 대해 대단히 감사하고 있습니다. 전쟁이 아닌 평화를 선택할 수 있게 해주신 것을 절대 잊지 않겠습니다."

체첸의 전 지도자인 두다예프는 강경한 투쟁가였고 전쟁을 통해서라도 체첸의 독립을 시도했었다.

옐친 대통령이 전쟁을 선택하지 않을 것이라는 판단하에서 강경하게 나간 것도 있었다.

그러나 두다예프의 사망으로 러시아와의 전쟁으로 이어지지 않았다. 하지만 러시아가 체첸과의 전쟁을 준비하고 있었다는 정보를 콜로레프에게 전달했다.

코사크를 통해 전달된 정보를 바탕으로 콜로레프는 두다예프가 일으킨 어리석은 일들이 하나둘 체첸인들에게 전달했다.

이 정보는 두다예프를 존경했던 강경파 인물들도 콜로레프의 편에 서게 되는 계기가 되었다.

현재 체첸공화국은 콜로레프가 안정적으로 장악하고 있었다.

"앞으로도 룩오일NY는 지속해서 체첸공화국과의 협력에 모든 걸 아끼지 않을 것입니다."

"하하하! 정말 듣기 좋은 말씀입니다. 자, 차에 오르시지요."

나와 콜로레프 앞으로 방탄 처리된 벤츠가 멈춰 섰다. 벤츠는 내가 콜로레프에게 선물한 차량이었다.

벤츠가 움직이자 30대에 달하는 경호 차량이 함께 움직였다. 그리고 하늘에는 2대의 하인드 공격 헬기가 날고 있었다.

이번 방문을 통해 사하공화국과 함께 체첸공화국도 나의 의지대로 움직일 수 있게 만들어야만 했다.

＊　　　＊　　　＊

체첸의 수도 그로즈니는 곳곳에 외로운 늑대들을 진압할 때 치러진 전투의 흔적이 고스란히 남아 있었다.

200여 명의 용병 중 살아서 체첸을 벗어난 용병은 채 열 명도 되지 않았다. 더구나 두다예프을 암살한 것 때문에 대부분 현장에서 사살되었다.

붙잡힌 몇몇 포로들도 심한 고문으로 죽어갔다.

로보코퍼레이션이 문을 닫은 이후 이들을 구원해 줄 사람은 그 어디에도 없었다.

현재 다섯 명만이 그로즈니 경찰서 유치장에 갇혀 있었다.

"아직 복구가 시작되지 않은 곳도 있네요?"

승용차 밖으로 보이는 거리를 보며 물었다.

"예, 시내 곳곳에서 전투가 벌어져서 그렇습니다. 피해가 가장 심한 곳부터 시작하고 있습니다."

"시민들도 피해를 많이 보았겠습니다."

"심각한 손해를 입었습니다. 오십 명이 사망하고 삼백 명에 가까운 시민이 부상했습니다. 가장 큰 피해는 경찰입니다. 그로즈니 중앙경찰서에 근무하던 경찰 3분의 2가 사망

했습니다."

콜로레프의 말처럼 가장 심한 피해는 체첸 경찰이었다. 하지만 체첸 경찰력의 약화는 콜로레프가 체첸의 지도자로 올라서는 데 결정적인 역할을 했다.

"치안력이 부족하겠습니다?"

"체첸 방위군은 전투를 위한 예비군 형태라 치안을 맡기에는 많이 부족합니다. 그리고 산으로 들어간 강경파 중 일부가 약탈자로 변해서 마을을 습격하고 있습니다."

체첸 방위군은 공식적인 군대가 아니었다. 더구나 자치공화국인 체첸은 군대를 보유할 수 없었다.

방위군은 두다예프가 러시아와의 전쟁에 대비해 군대 경험이 있는 사람 중에서 선발한 인력이었다.

방위군 중 일부만 체첸공화국에서 급료를 지급했고 나머지는 음식만을 제공하는 형태였다.

3천 명에 달했던 방위군 중 절반이 원래의 자리로 돌아갔고, 현재는 1천2백 명 정도가 각 지역에서 일부 강경 독립파와 전투 중이었다.

"수도인 그로즈니도 치안력이 떨어지는데, 다른 도시들도 힘들겠군요?"

체첸에는 룩오일NY의 직원들이 체포되었던 구데르메스를 비롯한 9개의 주요 도시들이 있었다.

현재 석유가 생산되고 있는 구데르메스에는 룩오일NY의 직원 스무 명이 다시 파견되어 일하고 있었다.

"경찰력을 다시 충원하려면 시간이 걸릴 것 같습니다. 한데 이 와중에 마피아가 세력을 넓히려는 움직임을 보이고 있습니다."

체첸 마피아는 주로 체첸 지역을 벗어나 활동을 했다. 하지만 점차 세력이 커지고 있는 말르노프와 라리오노프의 연합 전선에 밀리는 상황이다.

한때 강력한 세력으로 부상했던 샬린스키, 오스탄키노, 샤토이 등의 체첸 마피아 중 샤토이가 코사크에 의해 모스크바에서 쫓겨난 후 세력이 급속히 약화되었다.

샬린스키와 오스탄키노만이 볼고그라드와 소치에서 힘을 발휘하고 있었다.

각 지역에서 체첸 마피아가 밀려나자 고향인 체첸으로 돌아오는 마피아가 늘고 있었다.

"체첸은 지금이 중요합니다. 러시아에서 많은 것을 얻어낼 수 있을 때 힘을 길러야 합니다. 코사크의 진출을 허락하신다면 마피아의 처리는 저희가 할 수 있습니다."

콜로레프의 경호를 지원하기 위해 12명의 코사크 대원이 그로즈니에 머물고 있었다.

하지만 코사크 진출이 아직은 결정되지 않았다.

자치 공화국은 현지 대통령의 허락이 있어야만 진출할 수 있었다.

체첸공화국을 뺀 모든 지역에 코사크가 진출한 상태였다.

"음, 긍정적으로 검토해 보겠습니다."

콜로레프는 반대 의사를 내보이지 않았다. 현재 체첸의 지도자로 올라섰지만, 그가 처리해야 하는 일은 첩첩산중이었다.

체첸은 두다예프 사망 이후 독립을 위해 힘을 기르자는 온건파와 무력으로라도 독립을 쟁취하자는 강경파로 확연히 구별되었다.

현재는 온건파가 정권을 잡았지만 콜로레프의 지도력은 두다예프만큼 강력하지 못했다.

대통령궁에서 환영식과 회담을 한 후에 숙소로 잡은 호텔로 돌아왔다.

회담에서 나는 많은 희생자가 발생한 경찰 가족들을 위해 1백만 달러를 지원하기로 했다. 또한 초등학교 설립과 병원 건립을 위해 1백5십만 달러를 추가로 지원했다.

체첸공화국은 교육 시설과 의료 시설이 사하공화국처럼 부족했다. 이는 구소련 시절부터 체첸공화국에 대한 지원이 적었기 때문이다.

옐친 대통령이 체첸공화국 지원 대책을 발표했지만, 내년 3~4월이 되어야만 피부로 느낄 수 있을 것이다.

러시아 경제의 어려움으로 인해 즉각적인 지원은 이루어지기 힘들었다.

러시아 정부는 예비비를 확보하기 국회에 추가 예산을 요청했지만, 공산당이 반대하고 있었다.

"콜로레프가 기댈 곳은 회장님밖에 없습니다. 정부가 체첸에 많은 약속을 했지만, 약속을 이행하려면 시간이 오래 걸릴 것입니다."

루슬란 비서실장의 말이었다.

"후후! 이번 국회의원 선거가 우리에게 유리하게 될 줄은 몰랐군. 콜로레프도 뭔가를 빨리 체첸인들에게 보여주어야 하니까."

제2당으로 올라선 공산당은 체첸공화국에 너무 많은 혜택을 부여했다고 반발했다.

다른 자치공화국 출신들이 공산당에 적지 않게 포진해 있었다.

"콜로레프가 코사크를 받아들일까요?"

"군대를 거느릴 수 없는 상황이니까. 체첸 방위군이 해체되어야지만 러시아 정부의 지원이 이루어질 거야. 그 조건으로 파격적인 조건을 제시한 거니까."

체첸의 방위군은 러시아 입장에서 절대 허락할 수 없는 존재였다. 체첸공화국 내부 치안을 위해서 경찰력에는 제안을 두지 않았지만, 러시아 정부로서는 전쟁을 위한 병력은 절대로 허락할 수 없는 일이었다.

더구나 체첸에 주둔했던 구소련의 병력이 철수하면서 상당량의 무기가 방위군 손에 넘어갔다.

그것이 두다예프가 독립 전쟁까지 생각하게 한 요인이기도 했다.

"방위군의 상당수가 두다예프를 따르던 인물들이라 콜로레프의 고민도 클 것입니다. 우리가 제시한 대로 경찰력을 복원해 콜로레프 자신의 세력으로 만들어야만 합니다."

코사크 정보팀 보리스 실장의 말이었다. 코사크의 정보팀은 해체되는 방위군을 바탕으로 코사크의 체첸공화국 치안 병력을 활용하자는 계획안을 제출했다.

한마디로 체첸공화국 내에 코사크의 군대를 마련하자는 계획이었다.

체첸인들의 전투력은 많은 전쟁과 전투에서 입증되었다. 계획대로 진행되면 이들을 자이르공화국에 투입할 생각이다.

콜로레프를 설득하기 위해 코사크가 체첸에 진출할 경우

코사크에 의한 일자리 창출에 관해서도 적극적으로 설명했다.

사실 체첸은 지하자원 외에는 뚜렷한 산업이 없었다.

"선택의 폭이 별로 없다는 것이 콜로레프의 문제겠지. 코사크를 받아들이면 석유 판매 대금의 10%를 미리 준다고 했으니까 우리가 원하는 쪽으로 결정을 내릴 거야."

러시아가 체첸에 할당한 30% 석유 또한 내년 3월이 되어야만 공식적으로 이루어질 수 있었다.

하지만 나는 그 석유의 10%에 해당하는 자금을 미리 주겠다고 협상 카드를 내밀었다.

그 금액이 2억 달러에 달했다.

*   *   *

다음 날 오전, 자이르공화국의 대통령인 모부투가 사망했다는 소식이 갑작스럽게 전해졌다.

모부투는 스위스에서 병을 치료하고 있었다. 이 사실을 알린 것은 그의 경호를 맡고 있는 코사크 대원이었다.

아직은 자이르공화국에 알려지지 않았다.

예상하지 못한 모부투의 사망으로 인해 자이르공화국이 내전으로 치달을 수 있었다.

"수도인 킨샤사를 점령하고, 로랑 카빌라와 치반다 참모총장을 체포해야만 주변국의 움직임을 봉쇄할 수 있습니다. 치반다의 체포는 가능할 것으로 보이지만 문제는 로랑 카빌라입니다."

코사크 정보팀 보리스 실장의 말이었다.

자이르공화국의 군 실세인 치반다 참모총장이 모부투의 사망 소식을 알게 된다면 즉각적으로 정부군을 동원하여 정권을 잡으려고 할 것이다.

"벰부 소장과 연락이 되었나?"

자이르공화국의 육군 소장인 벰부는 수도인 킨샤사의 보안군을 맡고 있었다.

내가 자이르공화국을 떠나기 전 코사크 정보팀이 벰부 소장을 포섭해 두었다.

"아직 연락이 되지 않고 있습니다. 현지 정보팀이 벰부 소장이 있는 곳으로 향했습니다."

"르완다의 폴 카가메 국방부 장관에게 연락을 취해서 로랑 카빌라가 움직이지 못하도록 협조를 요청해. 우리가 자이르공화국에 도착할 때까지는 카빌라가 먼저 움직일 수 없도록 말이야."

"예, 바로 연락을 취하겠습니다."

회의에 참석한 인물들 모두가 분주하게 움직였다. 곧바

로 카가메 국방부 장관에게 연락이 취해졌고, 모부투의 사망 소식을 전했다.

우리가 우려하는 바를 카가메 국방부 장관도 깊이 인식하고 있었다. 르완다도 다시금 주변국의 전쟁에 휘말리기를 원치 않았다.

코사크 타격대 2개 팀도 뱀부 소장을 지원하기 위해 모스크바에서 급하게 킨샤사로 향했다.

"뱀부 소장이 딴마음을 먹지는 않겠지요?"

김만철이 조금은 염려스러운 표정으로 말했다. 그가 수도인 킨샤사를 장악하면 자이르공화국의 서북부 지역 일대를 손에 넣을 수 있었다.

"제가 볼 때 그렇지는 않을 것입니다. 그건 곧 자이르공화국을 치열한 내전으로 몰고 가는 것이니까요. 본인도 내전을 통해서 가족을 잃은 경험이 있기 때문에 자이르를 고통으로 몰고 가지는 않을 것입니다. 만약 그런 마음을 먹는다면 제거를 해야겠지요."

자이르공화국에서 내전이 벌어지면 지금까지 준비한 모든 것이 헛수고가 되어버린다.

내전이 벌어지면 자이르공화국만의 전투가 아니었다. 자이르를 둘러싸고 있는 주변국들까지 전쟁에 뛰어들게 만들 수 있었다. 그것은 곧 부족 간의 전쟁이었다.

"미나쿠가 잘해주어야겠네요."

티토브 정의 말이었다.

미나쿠는 먼저 킨샤사로 카로의 보안군 2천 명을 보냈다. 나머지 보안군 병력과 코사크의 병력은 로랑 카발라의 진출을 막기 위해 북부로 향했다.

"미나쿠라면 잘해낼 것입니다. 진정으로 자이르공화국을 사랑하는 남자니까요. 하여간 여기 일을 빨리 마무리 짓고 우리도 자이르로 넘어가야 합니다."

체첸의 일도 급하지만 자이르공화국은 지금 일촉즉발의 순간을 맞이하고 있었다.

체첸공화국의 정부 관계자와 경제 담당자들과의 연속된 회의를 마친 다음 날, 룩오일NY와 체첸공화국 간의 포괄적인 협력 방안이 발표되었다.

룩오일NY는 1차적으로 체첸공화국의 자원 개발 사업에 5억 달러의 투자를 진행하며, 3년 동안 총 17억 달러를 투자하기로 했다.

또한 체첸공화국은 룩오일NY 산하 기업들의 체첸 진출을 적극적으로 돕기로 협의했다.

체첸의 수도인 그로즈니의 신공항 건설과 주민 편의 시설 건설 사업을 노바닉스E&C가 전담하기로 했다.

한편으로 체첸의 치안 부재 상황을 돕기 위해 코사크가 일정 부분 체첸의 치안을 담당하기로 결정했다.

일부 체첸 정부 인사들의 반발이 있었지만, 러시아의 즉각적인 지원을 받으려는 조치의 목적으로 진행되었다.

체첸 방위군의 해체를 요구하는 러시아의 입장과 경제 재건과 지도력을 입증해야 하는 콜로레프의 입장이 맞아떨어진 것이다.

체첸의 방위군이 해체되면 계획대로 그중 일부를 코사크가 받아들여 체첸의 경찰력이 회복될 때까지 치안을 담당하는 것이다.

하지만 체첸의 경찰력이 언제 회복될지는 알 수 없었고, 어느 선까지가 경찰력의 회복인지도 알지 못했다.

체첸은 러시아의 눈을 피해 지금의 체첸 방위군 전력을 일정 부분 유지하고 싶어 했고, 코사크의 이름을 빌려 방위군을 코사크 대원으로 바꾸려는 의도도 있었다.

코사크는 콜로레프의 의도를 받아들였다. 이것은 서로의 이해가 맞아떨어지는 부분이었다.

콜로레프와의 비밀 협의에서 만약 러시아와의 전쟁이 발생하면 코사크에 들어간 체첸 방위군을 다시금 원위치시키는 조건을 달았다.

하지만 콜로레프는 코사크의 훈련과 교육을 간과하고 있

었다.

코사크 대원이 되면 지금까지 누려보지 못한 혜택과 급료가 지급된다.

하지만 코사크를 떠나는 순간 그 모든 혜택이 사라진다. 자본주의로 변해가는 러시아에서 코사크의 문을 두드리는 뛰어난 인재들이 넘쳐나고 있었다.

러시아와 동유럽에서조차 코사크 대원이 된다는 것을 큰 성공으로 여겼다.

체첸공화국에 한정되었던 좁은 시야가 교육과 훈련을 통해 깨어지는 순간부터 체첸의 방위군은 나에게 충성할 수밖에 없었다.

Chapter 4

　체첸의 그로즈니공항에서 코사크 소속의 수송기를 타고
곧장 자이르공화국으로 출발했다.

　시간이 누구의 손을 들어주느냐에 따라서 자이르공화국
의 운명이 달라질 수 있었다.

　아직 자이르 정부의 인물 중 모부투 대통령의 사망을 알
고 있는 자들은 없었다.

　스위스에 있던 코사크 대원들이 모든 것을 통제했기 때
문이다.

　"벰부 소장과 연락이 되었습니다. 저희가 도착하는 시간

에 맞추어 작전을 진행하기로 했습니다."

코사크 정보부의 보리스 실장이 방금 전해진 정보를 알려왔다.

벰부 소장은 자신 휘하에 있는 9백 명의 병력을 동원하여 육군본부와 대통령궁을 점령할 계획이다.

치반다 참모총장은 마타디 항구에 머물고 있는 코사크 전투원들과 우리보다 한발 앞서 킨샤사에 들어간 타격대가 맡기로 했다.

"좋아. 치반다의 소재지는 확인되었나?"

"다행스럽게도 현재 측근들과 함께 자택에 머물고 있습니다. 치반다의 둘째 부인의 생일이 오늘이라고 합니다."

치반다 참모총장은 자신을 따르는 측근들과 정부 관계자들을 불러서 파티를 열고 있었다.

"하늘이 우리를 돕는군. 아니, 자이르를 돕는다고 해야겠지."

"이거 정말 정신없이 움직입니다. 피곤하지는 않으십니까?"

옆자리에 앉은 김만철이 물었다. 체첸공화국에서의 계획된 일정을 줄이고 쉴 새도 없이 곧장 비행기를 탔기 때문이다.

"너무 정신이 없어서 그런지 피곤한 줄을 모르겠습니다.

모든 일이 끝나고 긴장이 풀어지면 피곤이 한꺼번에 몰려오겠죠."

"너무 무리하지 마십시오. 회장님이 탈이 나면 러시아와 한국이 힘들어집니다."

김만철의 말처럼 더욱더 공고해지는 러시아에서의 사업과 위치는 내가 있고 없느냐에 따라서 모든 게 달라졌다.

한국에서도 북한의 신의주 사업과 닉스홀딩스를 바탕으로 이루어지는 사업들이 나를 중심으로 움직였다.

두 기업의 놀라운 성장은 두 나라의 경제 발전에도 상당한 이바지를 하고 있었다.

더구나 두 그룹에 속해 있는 인력들은 이제 6만 명을 넘어서고 있었다.

내년 말이면 그 숫자는 7만 명으로 늘어날 것이다.

*　　　*　　　*

10시간이 넘는 비행 끝에 킨샤사국제공항에 도착했다. 연락을 받은 코사크 타격대와 대원들이 우리를 맞이했다.

밤 9시가 넘어가는 시간이었다.

세 대의 수송기에서 코사크 타격대와 싣고 온 장비들이 빠르게 내려지고 있었다.

코사크 타격대 2개 팀이 체첸에서 합류해 추가로 자이르 공화국에 투입되는 것이다.

자이르공화국에 머물고 있던 2개 팀을 합쳐 총 6개 팀이 이번 작전에 참가하고 있었다.

공항은 이미 코사크 대원과 벰부 소장 휘하의 병력이 통제하고 있었다.

"국방부와 대통령궁. 그리고 방송국을 반드시 장악해야 합니다."

현지에서 작전을 지휘하는 일린의 말이었다.

"치반다는?"

자이르 정부군의 최고 지휘관인 치반다 참모총장의 체포가 이번 작전의 핵심이었다.

"아직 저희의 움직임을 모르고 있습니다. 자이르 정보부가 우리와 함께하기로 했습니다. 치반다가 머무는 집 근처에 정보부 요원들이 대기하고 있습니다."

자이르공화국 현지 정보팀을 이끌고 있는 쿠즈민의 보고였다.

"아주 좋은 소식이군. 자, 이제 기다릴 필요가 없어. 작전대로 진행해."

"예, 알겠습니다."

긴 비행에도 피곤한 기색 하나 없이 코사크 타격대는 각자 맡은 구역으로 빠르게 이동했다.

나를 비롯한 2개의 타격대는 치반다 참모총장이 파티를 벌이는 곳으로 향했다.

5백 평에 달하는 커다란 저택 주변은 대낮처럼 불이 밝혀져 있었다. 담장 밖으로는 시끄러운 음악 소리가 흘러나왔다.

저택 주변은 십여 명의 무장 병력이 있었지만 다들 긴장이 풀어진 상태로 삼삼오오 모여 잡담을 나누고 있었다.

자이르 정보부의 요원들이 현장에 모인 인물들의 정보를 타격대에 건네주었다.

파티장에는 치반다의 핵심 측근들은 물론이고 정부군의 주요 인사들이 참석하고 있었다.

우리에게 협조할 인물들 외에는 모두 체포할 계획이다.

"저격수들의 배치가 끝났습니다."

타격대를 이끄는 일린의 보고였다.

"좋아, 시작해. 저택에 민간인들도 많으니 불필요한 희생은 최대한 줄이도록 대원들에게 주지시켜."

"예, 알겠습니다."

일린은 대답과 함께 앞쪽에서 대기하고 있는 코사크 타격대에게 신호를 보냈다.

1분 뒤 저택의 담을 돌던 4명의 경비병이 그대로 바닥에 쓰러졌다. 저격팀의 솜씨였다.

시끄러운 음악 소리 때문에 이들이 쓰러지는 소리가 전달되지 않았다.

경비병이 쓰러진 곳으로 타격대의 인물들이 담을 넘고 있었다.

다른 편에서는 대기하고 있던 4대의 전투차량이 맹렬한 속도로 저택의 정문을 향해 내달렸다.

갑자기 나타난 전투차량을 보고도 경비원들은 경계를 보이지 않았다. 정문 옆으로는 파티에 참석하기 위해 타고 온 군용지프들이 보였다.

정문으로 달려온 전투차량도 파티에 참석하는 인물이 탄 차량으로 본 것이다.

그 순간 정문을 지키고 있던 6명의 경비원에게 순간적으로 강렬한 서치라이트가 비쳤다. 그러자 경비원 모두 손을 들어 눈을 가렸다.

그 찰나를 이용해 차량에 매달려 있던 코사크 타격대원에게 경비원 모두가 순식간에 제압당했다.

평범한 경비원들은 돌발적인 상황에 즉각적인 대응을 할 수 없었다.

정문이 제압되자 코사크 대원들과 자이르 정보부 인물들

이 자동소총을 들고서 저택으로 진입했다.

파티장 안에 있는 인물들은 이들의 등장을 전혀 눈치채지 못하고 있었다.

같은 시간 대통령궁과 자이르 국방부, 그리고 방송국에도 코사크와 벰부 소장이 이끄는 병력이 진입했다.

모부투 대통령이 없는 대통령궁은 평소보다 경비 인력이 줄어든 상태라 큰 마찰 없이 손쉽게 점령되었다.

방송국과 자이르 국방부도 별다른 희생 없이 접수할 수 있었다. 킨샤사에 남아 있던 군부 핵심 인물들 대다수가 치반다 참모총장의 파티에 참석했기 때문이다.

타다탕!

아악!

짧은 총소리와 비명이 파티장에 울려 퍼지는 동안에도 시끄러운 음악은 계속 흘러나왔고, 파티에 참석한 인물들 대다수가 지금 벌어진 상황을 인지하지 못하고 있었다.

하지만 사방에서 총을 든 인물들이 나타나자 파티장의 분위기는 순식간에 바뀌었다.

코사크 대원들은 일사불란한 움직임으로 저택 내부에 있던 열 명의 무장 병력을 제압했다.

"치반다 참모총장과 토나 중장을 국가 전복 쿠데타 주동자로 체포한다."

코사크 타격대와 함께 저택에 들어온 자이르 정보부 소속 르완가 소령이 체포 영장을 보이며 말했다.

체포 영장은 물론 가짜였다.

"무슨 소리야? 내가 쿠데타를 모의하다니. 난 이 나라의 참모총장이야!"

치반다는 르완가 소령의 말에 소리를 지르며 저항했다.

"당신의 호주머니로 들어간 무기 도입 금액도 이번 기회에 토해내야 할 것이요. 이 범죄자를 빨리 끌어내."

르완가 소령은 치반다 참모총장의 말에 차가운 말로 응대했다.

치반다 참모총장은 정보부에 돌아갈 예산도 자신의 주머니에 착복한 인물이다. 그 때문인지 정보부의 인물들은 그를 경멸했다.

흥겨움이 넘치던 파티장은 얼음장처럼 변해 버렸다. 치반다 참모총장뿐만 아니라 그의 측근들이 하나둘 정보부의 인물들에게 체포돼 정보부와 코사크 주둔지로 보내졌다.

파티장에서 체포된 장군들만 여덟 명이었다. 공군과 해군은 사전에 벰부 소장과 함께 우리와 함께하기로 했다.

자이르공화국의 공군과 해군은 항상 육군에 밀려 제대로 된 지원을 받지 못했다.

자이르 공군은 구소련에서 제공한 MIG−17, MIG−21기 여덟 대와 미국에서 구매한 F−4 팬텀기 다섯 대를 보유하고 있었지만, 정비 불량과 부품 부족으로 인해 다섯 대만이 하늘을 날 수 있었다.

문제는 비행기에 사용할 미사일과 폭탄도 한두 번 출격으로 바닥을 드러내는 상황이었다.

해군의 상황은 더욱 비참했다. 일곱 척의 낡은 연안 경비함뿐이었고 흔한 수송함조차 없었다.

그중 세 척은 가동할 수 없는 배였다.

이 모든 게 모부투 대통령과 참모총장인 치반다의 비리 때문이었다. 또한 두 사람의 측근들도 거들면서 자이르 정부군의 힘을 약화하는 데 일조했다.

공군은 정권이 바뀌면 코사크를 통해서 미그 21기와 미그 23기를 공급받기로 했다.

모든 대금은 모부투의 자금과 비리에 연관된 정부 관계자들의 재산을 몰수해서 처리할 계획이다.

밤사이에 벌어진 일들을 킨샤사의 시민들은 알지 못했다. 방송국을 점령했지만 특별한 방송을 준비하지 않았다.

오전 9시가 넘어갈 때쯤, 치반다 참모총장의 파티에 참석하지 않은 측근인 카롤레 대령이 이끄는 6백 명의 군인이 킨샤사로 향한다는 정보가 들어왔다.

누군가가 카롤레 대령에게 연락을 취한 것이다.

킨샤사는 적과 아군이 아직은 구별되지 않고 있었다. 카로에서 올라오는 2천 명의 보안군이 도착해야만 킨샤사는 안정을 취할 수 있을 것 같았다.

"우선은 현재의 병력으로 카롤레가 이끄는 병력을 킨샤사 외곽에서 저지해야 합니다. 시내에서 전투가 벌어지면 로랑 카발라를 비롯한 정부에 대항하는 반군들이 현 상황을 알아챌 수 있습니다."

쿠즈민 현지 정보팀장의 말이었다. 그는 자이르공화국에 머물면서 자이르 정부군과 반군에 관한 주요 정보들을 입수했다.

"카롤레를 설득할 수 없나?"

"예, 카롤레 대령은 치반다를 맹목적으로 따르고 있습니다. 저희가 협상을 요구했지만 거절했습니다. 자신의 손으로 치반다를 구하고 킨샤사를 회복시키겠다고 합니다."

"말이 통할 친구가 아닌가 보군. 카롤레는 어디쯤 있나?"

"현재 킨샤사에서 1시간 정도 떨어진 루산다 지역으로 접근 중입니다."

"음, 정부군과의 전투는 피하는 것이 앞으로의 일정에도 좋을 텐데 말이야."

지금의 전력으로 충분히 카롤레가 이끄는 정부군을 막아 낼 수 있었다.

문제는 미나쿠가 안정적인 정권을 잡기 위해서는 국민 여론과 함께 자이르 군부의 지지도 필요다는 것이었다.

더욱이 반군과의 전투가 필연적이기 때문에 정부군과의 대립과 전투는 될 수 있으면 피하는 것이 좋았다.

좋든 싫든 간에 타락한 장군들을 뺀 일반 사병들은 우리 쪽으로 끌어들여야만 했다.

"자이르 공군에 부탁해 무력시위를 보이는 것이 어떻습 니까?"

드리트리 김의 말이었다. 나를 경호하는 경호대에 합류 한 드리트리 김도 함께 자이르공화국에 왔다.

"그것도 하나의 좋은 방법이 될 수 있을 것 같습니다. 자 이르 공군이 무력시위를 보인다면 카롤레의 병력이 섣불리 움직일 수 없을 것입니다."

"음, 불필요한 전투를 벌이는 것보다 낫겠지. 하달라 장 군에게 출격을 부탁해."

"예, 알겠습니다."

쿠즈민은 연락을 하기 위해 밖으로 향했다. 하달라는 미 그 전투기를 얻기 위해서라도 출격을 할 것이다.

카롤레와 그의 휘하의 병사들은 군용 트럭을 타고 킨샤사를 향해 달리고 있었다.

치반다 참모총장은 자신을 따르는 병력에는 그나마 다른 대우를 해주었다. 사병처럼 키운 카롤레와 그 병력은 자이르 정부군과 달리 좋은 장비들을 보유하고 있었다.

킨샤사로 달리는 군용 트럭도 남아프리카공화국에서 들여온 신형 군용 트럭이었다.

수십 대의 군용 트럭에 올라탄 병사들의 모습은 긴장감이 역력했다.

"더 빨리 달릴 수 없나?"

카롤레는 운전병을 닦달했다.

"그러면 트럭이 따라올 수 없습니다."

함께 동승한 부관이 대신 답을 했다.

"다른 곳은 어떻게 됐어?"

카롤레는 운전병 옆에서 계속해서 무전을 보내는 무전병을 향해 신경질적으로 물었다.

"연락이 되지 않고 있습니다."

"나라에마와 말론다의 병력이 합세해야만 킨샤사를 되찾을 수 있습니다. 우리만으로는 참모총장님을 구출하기가 쉽지 않을 것입니다."

운전병의 말을 들은 부관이 카롤레에게 말했다.

"우리가 적을 물리치는 모습을 보이면 나라에마와 말론다의 병력도 움직일 것이다."

그때였다.

동편 하늘에서 4대의 전투기가 **빠르게** 접근하고 있었다.

트럭으로 이동 중인 병사 모두가 전투기의 비행 음에 하늘을 올려다보았다.

"설마 공군이?"

카롤레의 눈이 커졌다.

자이르 공군은 반군과의 전투에도 특별한 상황이 아니고서는 절대 출격하지 않는 것으로 유명했다.

그 때문에 자이르 육군의 지휘관들로부터 있으나 마나 한 공군이라는 비아냥을 듣고 있었는데, 그러한 공군의 전투기가 지금 카롤레가 이끄는 병력을 향해 곧장 날아오고 있었다.

*　　　*　　　*

병사들 모두가 설마 하는 마음으로 멀뚱히 전투기를 바라보았다.

쾅!

하지만 맨 뒤쪽에서 따라오던 군용 트럭의 옆쪽으로 미

사일이 떨어졌다.

일부러 빗나가게 한 것이 눈에 보였다.

그러자 수송 트럭들이 일제히 멈춰 섰고, 타고 있던 병사들이 트럭에서 미친 듯이 뛰어내리며 사방으로 흩어지기 시작했다.

"저놈들이 누구한테 미사일을 쏘는 거야!"

카롤레 대령은 자신들에게 미사일을 발사한 공군 전투기를 바라보며 소리쳤다.

"다시 돌아옵니다. 차에서 내리셔야 합니다."

옆에 타고 있던 부관의 말에도 카롤레는 아랑곳하지 않고 자동소총을 들어서 전투기를 향해 총을 쏘기 시작했다.

카롤레는 지위 능력보다는 치반다 참모총장에 대한 맹목적인 충성으로 지금의 자리에 올라섰다.

타타타탕!

그 모습에 운전병과 무전병은 누구라고 할 것 없이 지프에서 도망치듯이 내렸다.

그를 말리던 부관 또한 카롤레를 놔두고는 길옆으로 몸을 피신했다.

하지만 카롤레는 마치 영화에 나오는 람보처럼 전투기를 향해 맹렬하게 총을 쏘았다.

자신을 절대로 공격하지 않을 거라는 확신이 있는 것처럼.

투드드드퉁!

그런 카롤레를 향해 전투기 또한 기관포를 쏘며 지나갔다. 하지만 이번에도 직접적인 공격은 피하는 느낌이었다.

그런 전투기의 행위에 기고만장해진 카롤레는 자신을 지나쳐 가는 전투기를 향해 계속해서 자동소총을 난사했다.

"나는 카롤레 대령이다! 놈들을 공격해!"

주변으로 피신한 병력들에게 큰 소리로 외치는 순간이었다. 뒤쪽에 다시금 접근하는 세 번째 전투기의 날개에서 노란 불꽃이 피었다.

하지만 카롤레는 그 모습을 보지 못했다.

미그 21기에서 발사된 미사일은 카롤레가 타고 있는 지프를 향해 정확하게 날아들었다.

콰쾅!

강렬한 폭발음과 함께 지프는 허공을 치솟았고, 카롤레 대령은 화염 속으로 사라졌다.

그때를 맞추어 무전병이 메고 있던 무전기에 무전이 들어왔다.

—이동을 멈추고 투항해라.

무전병은 들려오는 무전에 카롤레의 부관에게 무전기를

건넸다.

—다시금 경고한다. 항복 의사가 없으면 폭탄을 투하하겠다.

전투기 조종사가 보내오는 무전이었다. 코사크 정보팀이 카롤레가 지원을 요청한 무전 주파수를 알아내어 전투기 조종사에게 전달한 것이다.

"아민 대위다. 투항하겠다."

—이동을 중지하고 현 자리를 고수해라. 그쪽으로 향하는 아군에게 투항하기 바란다. 현시점에서 전투를 다시 벌이면 공격하겠다.

"알겠다. 현재 위치에 머물겠다."

아민 대위는 공군과 자신들에게 다가오는 아군 병력과 전투를 할 생각이 없었다. 더구나 카롤레 대령처럼 이미 실각한 치반다 참모총장에게 충성할 마음도 없었다.

지금의 상황에서 전투를 벌이면 남는 것은 개죽음뿐이었다.

20분이 지나자 2천 명에 달하는 병력이 서쪽에서 나타났다.

미나쿠가 이끄는 카로의 보안군이었다.

처음 보는 병력이었고, 자신들보다 훨씬 더 좋아 보이는 무기와 장비를 보유하고 있었다.

더구나 5분 뒤에는 러시아제 공격 헬기인 하인드 두 대와 수송 헬기 다섯 대가 북쪽에서 등장했다.

자칫 전투를 벌였다가는 전멸을 면치 못했을 것이 뻔했다.

"휴! 잘못했으면 개죽음을 당할 뻔했네."

대위는 무기를 버리고 투항하는 부하들을 보며 안도의 한숨을 내쉬었다.

*   *   *

갑작스러운 모부투 대통령의 사망에 따른 킨샤사 점령 작전은 별다른 희생 없이 순조롭게 진행되었다.

무능한 자이르 정부군의 형태가 킨샤사의 점령을 순조롭게 만든 것이다.

킨샤사에 입성한 미나쿠는 자이르자유위원회를 결성하고 위원회의 의장에 올라섰다.

자이르자유위원회에는 미나쿠와 코사크에 협조하기로 한 정부 관계자와 군부 인물, 그리고 민주 인사로 구성되었다.

반군들에게 정보를 주지 않기 위해서 당분간 모부투 대통령의 사망 소식은 발표하지 않기로 했다.

자이르자유위원회 의장인 미나쿠는 동부와 북부 지역에서 반군과 전투를 벌이는 장군들의 지지를 얻어내기 위해 현장을 직접 방문하는 강수를 두었다.

잘못하면 이들이 자이르의 수도인 킨샤사를 장악한 미나쿠에게 반기를 들고서 반군으로 전환될 수도 있기 때문이다.

그렇게 되면 자이르공화국은 걷잡을 수 없는 내전의 구렁텅이로 빠져들게 된다.

이들 지역의 정부군 숫자가 3만이 넘기 때문이다.

특히나 북부 지역 사령관인 라비키윰 준장은 로랑 카빌라와 전투를 벌이고 있었다.

삼엄한 경호를 받으며 나는 미나쿠와 함께 라비키윰 준장을 만났다.

"모부투 대통령의 빈자리를 이용해 쿠데타를 일으킨 것입니까?"

라비키윰은 우리를 보자마자 매섭게 노려보며 쿠데타에 관한 이야기를 꺼냈다.

"장군께서 생각하는 쿠데타가 아닙니다. 나는 바로 서지 못하는 자이르공화국을 올바른 방향으로 나아갈 수 있게 하려고 한 것뿐입니다."

"정권에 욕심을 내는 모든 사람들의 입에서 나오는 말을 되풀이하고 있으십니다. 우리가 이곳에서 맞서 싸우고 있는 카빌라도 그런 소리를 하고 있지요. 자이르 국민을 위해 일어섰다는 카빌라도 언제나 입으로는 자이르를 위한다지만, 정작 그에 의해서 피를 흘리는 것은 자이르 국민입니다."

라비키윰은 자이르 정부군의 장성 중에서 그나마 의식이 깨어 있는 인물 중 하나였다.

"피를 부르는 쿠데타가 아닙니다. 킨샤사에서 정부 관계자와 공군, 해군, 육군본부의 장군들도 참여하여 자이르자유위원회를 구성했습니다. 쿠데타로 인해 킨샤사에서 전해진 유혈사태가 있었습니까? 지금 이 시각에도 킨샤사는 이전처럼 자유롭게 모든 것이 돌아가고 있습니다."

미나쿠의 말처럼 킨샤사와 연락이 끊기지 않았다. 단지 참모본부의 역할이 육군본부로 넘어간 상황이었다.

"자신의 측근들과 따르는 사람들만을 모아서 만든 자이르자유위원회도 내가 볼 때는 이 나라 국민을 착취하기 위한 조직일 뿐이오."

"난 자이르가 진심으로 지금보다 나은 나라가 되길 바랄 뿐입니다. 무의미한 내전과 서방 국가들의 착취에서 자이르가 하루빨리 벗어나 번영의 길을 가길 원하는 것입니다. 난 측근을 이용하여 정권을 유지했던 모부투와는 다를 것입니다. 그 누구도 알아주지 않던 카로가 얼마나 놀라운 모습으로 바뀌었는지를 장군이 보았다면 내 진심을 바로 알았을 것입니다."

나는 미나쿠와 라비키윰의 대화를 말없이 듣고 있었다. 미나쿠는 지금 자신의 가능성과 진심을 라비키윰 준장에게 보여주고 설득해야만 했다.

앞으로 자이르공화국을 이끌 지도자라면 지금의 난관을 헤쳐 나갈 수 있어야 한다.

그것이 미나쿠나 올바른 변화를 원하는 자이르공화국를 위해서도 좋았다.

"카로의 발전은 이야기를 통해서 들었습니다. 하지만 지금도 저자를 끌어들여 자이르의 자원을 팔아먹으려고 하는 것이 아닙니까?"

라비키윰은 뒤에 앉아 있는 나를 지목하며 말했다.

"룩오일NY의 강태수 회장은 서방의 다국적기업과는 다른 분입니다. 저분을 통해서 카로가 해방되었고, 저 또한 목숨을 구할 수 있었습니다."

말을 마친 미나쿠는 갑자기 자리에서 일어나 입고 있던 셔츠를 벗더니 자신의 등을 라비키윰 준장에게 보여주었다.

미나쿠의 등에는 채찍으로 인한 상처로 가득했다.

카로의 금광을 불법적으로 점령하고 채굴하던 용병단에 의해서 생긴 상처였다.

그 모습에 라비키윰의 표정이 달라지는 것이 보였다.

"저는 카로의 추장이었지만 부족민들과 함께 불의를 저지르는 용병단에게 극심한 강제 노역을 당했습니다. 그때 자이르 정부의 그 누구도 우리에게 도움의 손길을 내밀지 않았습니다. 여기 계신 강 회장님만이 우리를 도왔고 카로를……."

미나쿠는 카로에서 일어났던 일들과 룩오일NY와 닉스코어가 카로를 위해서 어떠한 사업을 벌였는지를 진심으로 전했다.

"음, 그럼 한 가지만 저자에게 묻겠습니다. 왜 자이르공화국을 돕는 것이오?"

라비키윰은 나를 뚫어질 듯 쳐다보며 말했다.

"나는 사업가입니다. 자선사업을 위해서 자이르공화국를 돕는 것이 아닙니다."

내 말에 라비카윰의 눈썹이 꿈틀거렸다.

"나는 자이르공화국의 가능성과 미래를 보고 투자하고 있는 것입니다. 자원이 많다고 해도 그걸 어떻게 이용할지 모른다면 오히려 지금처럼 하늘이 준 선물인 자원으로 인해 지독한 내전의 고통에 빠져들 것입니다. 로랑 카빌라가 자원을 헐값에 팔아서 전비를 마련하는 것처럼 말입니다."

"당신도 자이르공화국의 지하자원을 헐값에 사기 위해서 이곳에 온 것이 아니란 말입니까?"

"물론 우리도 자이르의 자원을 확보하기 위해서 투자를 진행하고 있습니다. 하지만 저는 이곳에서 얻어지는 이익 중에 상당 부분을 자이르공화국과 국민들을 위해서 재투자할 것입니다. 지금도 그걸 실천하고 있습니다. 그리고 굳이 위험을 무릅쓰고 장군을 설득하러 이곳에 오지 않아도 저는 이미 많은 권한과 계약을 모부투 대통령에게서 얻어냈습니다. 지금 이 말이 무슨 말인지 잘 아실 것입니다."

내 말에 라비카윰 준장의 표정이 확 달라졌다. 회사의 이익을 위한 일이라면 내 말처럼 일개 지역 사령관인 자신을 설득할 필요가 없었다.

오히려 혼란스러운 자이르의 현재 상황을 이용하여 불법적인 사익을 구하는 것이 나았다.

라비키윰은 말없이 무언가를 골똘히 생각하는 표정이었다.

그리고 무언가를 결정한 것처럼 입을 열었다.

"알겠습니다. 저도 자이르자유위원회를 지지하겠습니다. 지금 제게 말한 진심이 변하지 않는다면 끝까지 미나쿠

위원장님께 충성하겠습니다."

라비키윰의 말에 미나쿠의 표정이 환하게 바뀌었다. 가장 중요한 인물이 미나쿠에게 충성을 다짐한 것이다.

라비키윰의 휘하에는 1만 7천 명의 자이르 정부군이 있었다.

동부 지역의 자이르 정부군도 라비키윰 준장의 소식 때문인지 자이르자유위원회를 지지한다는 의사를 전달했다.

자이르공화국 정부군과 정부 관료들의 지지를 얻어낸 미나쿠는 자신감 있게 모부투 대통령의 사망 소식을 자이르 국민들에게 전했다.

모부투의 사망 소식에 킨샤사를 비롯한 주요 도시마다 시민들이 쏟아져 나와 축제를 벌였다.

자이르자유위원회는 르완다애국전선(RPF)의 지원 중단과 모부투에 의해서 투옥된 민주 인사들을 모두 석방한다는 성명을 발표했다.

또한 자이르자유위원회는 로랑 카빌라가 이끄는 자이르 해방전선과 내전 종식을 위한 평화협상을 제안했다.

모부투가 없는 상황에서 자이르해방전선이 목표로 한 모부투 대통령의 퇴진 명분이 사라졌기 때문이다.

협상의 전제 조건으로 미나쿠 의장은 직접선거를 통해 차기 대통령을 뽑자고 제안했다.

로랑 카빌라의 무장투쟁이 빛이 바래지는 순간이었다.

더구나 반군의 근거지 지역에서 무리한 세금 징수로 인해서 로랑 카빌라의 명성과 인기는 예전 같지 않았다.

Chapter 5

쾅!

"르완다 놈들이 날 갖고 놀았어."

책상을 주먹으로 내려치면서 로랑 카빌라는 분노했다.

카빌라는 르완다의 카가메 국방부 장관의 초대로 르완다를 방문했다. 자이르해방전선의 지원금 문제를 논의하기 위해서였다.

하지만 카가메 국방부 장관은 실질적인 논의보다는 연회를 베풀어 카빌라와 그 일행을 대접했다.

원래 술과 여자를 좋아했던 카빌라는 카가메의 환대를

의심 없이 받아들였고 며칠 동안 이어진 술 파티에 빠져 있었다.

그리고 이어진 지원 협상에서 카가메 국방부 장관은 앞으로 자이르해방전선의 지원이 일절 없을 것이라고 일방적인 선언을 했다.

어려운 경제 상황에서도 수백만 달러를 지원해 주던 카가메의 변심은 큰 충격이었다.

더구나 극진한 대접을 받고 이어진 협상에서 카빌라는 달라진 르완다의 분위기에 지원 확대를 충분히 받아낼 수 있다고 여겼기 때문에 받은 충격이 상당했다.

하지만 결과는 자이르해방전선의 본부가 있는 코마와 점령 도시인 부카부의 국경 봉쇄와 지원 거절이었다.

두 도시는 르완다와 마주하고 있어 국경을 봉쇄하면 반군이 사용할 물자가 들어오지 못한다.

그리고 코마로 돌아오자마자 충격적인 소식을 들은 것이다.

모부투 대통령의 사망 소식과 함께 듣지도 보지도 못한 자이르차유위원회가 수도인 킨샤사를 비롯한 대다수의 자이르공화국의 주요 도시를 점령한 것이다.

"자이르해방전선에 동참했던 반군들이 이탈하고 있습니다. 그리고 코마와 부카부의 시민들도 동요하고 있습니다."

자이르해방전선의 부사령관인 니욘수티는 불안한 표정
으로 말했다.

"부룬디와 우간다에 연락해서 뭐든지 들어준다고 해. 나
를 기만한 놈들에게 반드시 복수해야 해."

로랑 카빌라는 자신을 속인 인물들에게 어떻게든 복수를
할 생각이었다.

자이르공화국의 지하자원과 땅을 내어주는 한이 있더라
도.

＊　　　＊　　　＊

자이르 정부군은 자이르자유위원회 아래에서 새롭게 정
비를 시작했다.

로랑 카빌라가 이끄는 자이르해방전선의 움직임이 심상
치가 않다는 정보 때문이었다.

부룬디는 로랑 카빌라의 제안을 거절했지만, 우간다는
흥미를 보였다.

자이르자유위원회는 자이르의 평화안과 자유선거를 발
표했지만, 카빌라는 일언지하에 자유선거를 거절했다.

자신이 기만당했다고 여긴 카빌라는 복수만을 생각하고
있었다. 더구나 세력이 점점 줄어들고 있는 상황에서 직접

적인 행동을 보이지 않으면 지금 자신을 따르는 반군 조직
도 위축될 것이 분명했다.

"우간다에서 2백만 달러와 1천 명의 병력을 보내준다는
연락을 해왔습니다."

"하하! 고작 2백만 달러와 보병 1천 명이라니."

카빌라는 허탈한 웃음을 지었다.

자이르해방전선의 세력이 최고조였을 때 우간다는 1천
만 달러와 1만 명의 병력을 제공하겠다고 했다.

하지만 자신의 직접적인 명령을 듣지 않는 1만 명의 우간
다 군대의 숫자가 부담스러웠던 카빌라는 제안을 거절했
다.

그러나 지금은 자금보다는 전투를 벌일 수 있는 병력이
절대적으로 필요했다.

더구나 자이르공화국과 르완다, 그리고 부룬디가 합심해
반군 조직에 전달되는 물자를 차단했다.

"그리고 식량과 탄약이 상당히 부족합니다. 한두 번의 전
투밖에는 치를 수가 없습니다."

"우간다에서 보내준다고 하지 않았나?"

"루코코를 정부군과 르완다가 봉쇄했습니다."

코마로 이어지는 루코코 도로는 우간다와 이어졌다. 루
코코가 반군의 세력권 안에 있었지만, 르완다의 갑작스러

운 배신과 자이르 정부군의 공세로 루코코의 지배권을 상실했다.

"언제 이루어진 일이냐?"

"이틀 전의 전투로 북쪽으로 이어지는 곳을 잃었습니다."

"왜 그걸 지금 말하나?"

"전투를 패배한 부대장이 부하들을 이끌고 그대로 달아나 버렸습니다. 그 때문에 저도 오전에야 알았습니다. 그리고 다른 부대장들도 동요하고 있습니다."

사방에서 압박을 받는 처지에 처하자 자이르해방전선에 속한 인물들도 흔들리기 시작했다.

더구나 연속된 패배로 인해서 사기도 떨어진 상황이었다.

"부대장들을 소집해."

로랑 카빌라는 위기가 느껴졌다. 수십 년의 투쟁 생활에서 지금보다 어려웠던 위기들도 분명 있었지만, 왠지 이번은 느낌이 좋지 않았다.

*　　　*　　　*

모부투가 자신의 친위대격인 대통령궁 수비대에게 지급

하기 위해 들여왔던 최신 무기들을 반군과 전투를 벌이는 북부 지역 정부군에게 지급했다.

또한 전투 물자와 식량도 우선하여 공급했다.

전에 없는 이러한 지원은 북부 지역을 담당하는 정부군의 사기를 올려놓는 데 크게 이바지했다.

더욱이 밀려 있던 급료를 일시금으로 지급하자 사기는 더욱 올라갔다.

그 결과가 근 1년 동안 지지부진했던 루코코 탈환 작전을 성공적으로 마치게 하는 원동력이 되었다.

"루코코의 탈환으로 우간다에서 코마로 들어가는 물자 또한 차단되었습니다."

현지 정보팀장인 쿠즈민의 보고였다.

"코마의 병력은 얼마나 되지?"

"현재 2천 명 정도로 추정되고 있습니다. 하지만 현지 정보원의 보고로는 하루가 지날 때마다 그 숫자가 줄어들고 있다고 합니다."

연속된 패배와 함께 식량과 물자가 줄어들자 위기감을 느낀 반군들이 하나둘 빠져나가고 있었다.

모부투의 독재 타도와 자유 이념보다는 자이르공화국 내의 부족한 먹거리와 안정된 보수를 받기 위해 반군에 가담한 사람들이 많았다.

"부카부의 상황은?"

"부카부는 코마보다 더 심각한 것 같습니다. 현재 5백 명 정도 되는 반군이 있지만, 지원이 끊기자 코마에서 내려오는 지시를 무시하는 것 같습니다."

부카부는 자이르해방전선이 점령한 북부 지역의 주요 도시이자 본부가 있던 곳이었다.

하지만 코마로 자이르해방전선의 본부가 이전하고 르완다와 부룬디의 국경 봉쇄로 세력이 급격히 약해진 상황이었다.

이대로 몇 달만 지나면 전투 없이도 반군에게 항복을 받아낼 수 있었다.

"음, 계획대로 되어가는군."

두 지역을 탈환하기 위한 작전이었지만 두 도시에서 살아가는 주민들 때문에 쉽게 움직일 수 없었다.

또한 두 지역이 산악 지대라 이동에 불편함이 있었다.

"남수단과 앙골라의 움직임은 어떻지?"

자이르공화국과 국경을 접하고 있는 두 나라는 가장 많은 병력을 거느리고 있었다.

대부분 보병이었지만 자이르공화국의 지하자원에 관심을 보이는 두 나라는 모부투의 빈자리를 이용해 자이르의 내전에 참여하려는 움직임을 보였다.

로랑 카빌라도 지금의 전세를 만회하기 위해 두 나라에
측근을 보내 접촉하고 있었다.

　만약 두 나라의 병력이 자이르공화국에 진입한다면 지금
의 자이르 정부군으로는 막아내기가 힘들었다.

　"현재 두 나라의 대사와 미나쿠 위원장이 만나 회담을 벌
이고 있습니다."

　미나쿠는 자이르공화국의 서쪽과 북쪽 국경을 맞대고 있
는 콩고와 중앙아프리카공화국 두 나라의 지지를 얻어냈
다.

　"욕심이 과하면 화를 입게 마련인데. 두 나라가 분수를
모르는 것 같아."

　"남수단은 어느 정도 이견이 좁혀진 것 같습니다. 문제
는 앙골라가 자이르의 현 상황을 이용하려는 것 같습니
다."

　"자신들의 문제로도 복잡한 상황인데 남의 떡이 좋아 보
인다는 건가?"

　앙골라는 석유, 다이아몬드, 금 등 천연자원이 풍부하지
만, 장기간의 내전과 흉작 등으로 외국 원조에 많이 의존하
고 있다.

　포르투갈의 식민지였던 앙골라는 1975년 독립과 동시에
구소련과 미국을 대변하는 좌익과 우익의 권력 쟁탈전이

시작되었다.

냉전 종식 이후 앙골라 내전은 미소 대리전의 양상에서 국내의 정부 대 반정부 전투로 변모하였고, 국가 통치 주도권을 차지하기 위해 앙골라 중앙정부와 앙골라완전독립민족동맹(UNITA)과의 내전이 27년간 이어졌다.

작년 10월 앙골라 정부와 반군 UNITA는 루사카에서 내전 종식을 위한 제2차 평화협정에 임시 조인하였으며 11월에 산토스 대통령과 사빔비 UNITA 의장은 동 협정을 정식 조인한 후 휴전을 선언하였다.

하지만 협정에 따른 UNITA 측에 부통령 및 4개 각료직과 7개 차관직을 할당 배분하고, UNITA군의 해체와 방위군으로의 편입, 휴전 감시 공동위원회의 설치, 대통령 선거의 재실시 등을 명시한 협정안은 예산 및 통합 절차, 그리고 반군 조직 내 이견으로 통합 작업이 지연되고 있었다.

그러자 다시금 내전의 불씨가 피어오르려고 했다.

현재 앙골라 정부군과 반군의 병력은 9만 명에 달했다.

"산토스 대통령이 앙골라 내부의 불안정과 불만을 외부로 돌리려는 생각인 것 같습니다. 한마디로 국내에서 싸우는 것보다 외부에서 싸움을 벌이자는 것이지요."

앙골라 정부군과 UNITA군을 자이르 내전에 투입해 앙골라의 내정을 안정화하려는 방법이었다.

"음, 자국의 안정을 위해 자이르에 불을 놓겠다는 소리인데. 앙골라군이 얼마나 투입될 수 있는 건가?"

"적어도 2만 명은 동원될 수 있습니다."

"앙골라가 개입되면 잠비아도 따라 움직일 거야. 어떡하든 앙골라의 개입을 막아야만 해."

자이르공화국의 주변 국가들은 협력과 화합보다는 서로를 견제하고 어느 한쪽이 세력이 커지는 것을 극도로 경계했다.

로랑 카빌라가 이끄는 자이르해방전선을 압박하기 위한 작전이 순조롭게 진행되고 있었다.

7만 명의 자이르공화국 정부군 중 5만 명이 이번 작전에 투입되었다.

또한 카로의 보안군 4천 명도 부카부 탈환 작전에 참여 중이었다.

현재 카로에는 3천 명의 보안군이 훈련 중이었고, 수도인 킨샤사와 주요 도시에 3천5백 명이 파견되어 치안을 유지하고 있었다.

남수단과 달리 앙골라와의 협상에 난항을 겪자 자이르 정부군 5천 명이 남쪽 국경 지대로 급히 이동하고 있었다.

미나쿠 위원장이 제안한 중부아프리카연합에 앙골라는 회의적인 반응을 보였다.

알제리의 정부 관계자들은 미국을 비롯한 서방의 지원 없이는 절대 가능한 일이 아니라고 치부했고, 러시아의 일개 회사에 불과한 룩오일NY의 투자로는 불가능하다고 여겼다.

현실적으로 중부 아프리카 모든 나라에 투자를 할 수는 없었다.

룩오일NY는 자이르공화국을 중심으로 르완다와 부룬디를 우선하여 투자를 진행할 예정이다. 3개 나라에 기본적인 산업과 시장이 형성되면 나머지 나라에도 점차적인 투자를 계획했다.

문제는 투자의 결실이 나타나는 그 시간이 앙골라를 설득하기에는 짧은 시간이 아니라는 것이다.

앙골라에 구소련이 영향력을 크게 행사하던 시절도 있었지만, 러시아의 경제 지원이 끊기자 자연스럽게 소원해졌다.

*   *   *

앙골라의 수도인 루안다의 한 호텔에 CIA의 인물들이 모여 있었다.

"아주 대단한 놈입니다. 자이르공화국을 이런 식으로 장악할 줄은 꿈에도 몰랐습니다. 저희 팀이 자이르에서……."

중앙아프리카 지역의 CIA 책임자인 알렉스 팀장은 새로운 책임자로 부임한 인물에게 그동안의 일을 보고했다.

갑작스러운 책임자 교체에 알렉스는 당혹스러웠지만 몇 건의 작전 실패가 자신의 발목을 잡으리라는 것을 예측하였다.

하지만 미 본토에서 그가 예측한 시간을 앞당겨 버렸다.

"표도르 강과 코사크를 우습게 보면 큰코다칩니다. 놈을 이대로 둔다면 체첸에 이어 중부 아프리카도 표도르 강의 손아귀에 들어가는 것입니다. 그건 곧 러시아의 세력이 이곳에 뿌리를 내린다는 말입니다. 무슨 일이 있어도 놈이 하려는 일을 막아야만 합니다."

알렉스 팀장의 보고에 입을 연 인물은 다름 아닌 체첸에서 제임스를 죽였던 피터였다. 알렉스 팀장은 자신보다 열 살은 어려 보이는 피터에게 5년 동안 공들인 현지 조직을 넘기고 중동으로 넘어갈 예정이었다.

알렉스는 상부의 결정에 반발을 해보았지만 아무 소용이

없었다.

피터는 막강한 후원자를 등에 업고 있었다.

"산토스 대통령과 사빔비 UNITA 의장에게 약속대로 해 준다면 앙골라는 절대로 표도르 강의 의지대로 움직이지 않을 것입니다."

알렉스는 아프리카를 떠나기 전 앙골라에서 마지막 작전을 수행했다.

"약속은 지켜질 것입니다. 앙골라 군대의 진입은 언제입니까?"

"모레 23일 사마쿠와 밤부 점령을 시작으로 본격적인 전투가 벌어질 것입니다."

"저희가 조금만 도와주면 자이르 서남부 지역은 다시금 전쟁의 포화 속으로 들어가겠군요."

피터는 알렉스 팀장의 말에 만족스러운 미소를 보였다. 피터가 받은 명령은 단 하나였다.

자이르공화국를 내전의 소용돌이로 빠져들게 하라는 것이었다.

쉽게 빠져나올 수 없는 늪에서 허우적거리게끔.

＊   ＊   ＊

"앙골라의 움직임이 심상치가 않습니다."

쿠즈민은 러시아 첩보 위성에 찍힌 위성사진들을 내게 내밀며 말했다.

사진에는 이동 중인 군인들과 트럭들이 보였다.

"음, 끝내 우리의 말을 듣지 않는군."

"그리고 확인되지 않은 정보가 들어왔습니다. 중부 아프리카 CIA의 책임자가 바뀌었다는 정보입니다."

자이르공화국을 중심으로 활동했던 CIA는 코사크 정보팀의 활약으로 거점을 앙골라와 잠비아로 이동했다.

르완다와 부룬디에 머물던 CIA 인물들도 탄자니아로 빠져나갔다.

"우리 때문에 중심 거점을 잃어버렸으니, 책임자가 바뀔 수도 있겠지. 새로운 인물이 누구인지 파악했나?"

"정보원이 사진을 보내오기로 했습니다. 오늘 중으로 알 수 있을 것입니다."

코사크 정보팀은 중부 아프리카 CIA 조직의 내부 요원을 현지 정보원을 통해서 포섭했다.

포섭된 요원은 오랜 아프리카 생활과 현지처를 둔 인물로 돈 쓸 일이 많았다.

"앙골라의 군대는 어디를 노리는 것 같나?"

"현재 2만 정도의 앙골라 군대가 동부 국경 지대로 이동 중입니다. 저희가 예측한 바로는 사마쿠와 밤부를 목표로 하는 것 같습니다."

"막을 수 있겠나?"

현지 코사크 타격대를 이끄는 예브게니 자이르 현지 팀장에게 물었다.

"쉽지는 않을 것 같습니다. 현재 자이르 정부군과 카로의 보안군을 합하더라도 동원할 수 있는 병력이 8천 명뿐입니다. 코사크 대원들을 포함한다고 하더라도 병력이 절대적으로 열세에 있습니다. 사마쿠와 밤부 모두를 방어하기는 힘들 것 같습니다."

월등한 화력을 갖추지 않는 한 보병들 간의 전투에서는 병력이 우세한 쪽이 유리했다.

더구나 넓은 땅덩어리를 맞대고 있는 자이르와 앙골라였기에 침입 루트도 다양했고 국경도 허술했다.

"그나마 남부 지역이 안정된 상황이었는데. 더는 자이르 공화국 내에서 전투가 벌어지게 할 수는 없어."

자이르의 북부와 동부 지역에서 반군과의 전투가 활발했던 거와 달리 남부는 비교적 안정적이었다.

앙골라 군대는 자이르에게 있어 주변 국가의 군대를 끌어들이게 되는 요인이 될 수 있었다.

현재 자이르 정부군의 전력으로는 앙골라 군대를 격퇴하

기가 쉽지 않기 때문이다.

실제 역사에서도 자이르공화국 내전에 참여한 앙골라군은 내전이 끝난 후에도 앙골라로 돌아가지 않은 채 오랜 시간 자이르공화국 내에 머물며 큰 피해를 줬다.

                 *   *   *

자이르공화국에 파견된 코사크는 분주하게 움직였다.

앙골라의 군대가 자이르공화국의 국경을 넘는다는 것이 기정사실화되었기 때문이다.

앙골라는 로랑 카빌라가 이끄는 자이르해방전선을 돕기 위한 명분을 내세웠다. 그것은 또한 자이르자유위원회의 미나쿠 의장을 인정하지 않겠다는 뜻이었다.

하지만 앙골라가 내세운 명분은 허울 좋은 핑계이자 자이르공화국을 침공하기 위한 명분일 뿐이었다.

코사크 정보팀에서 예상한 대로 앙골라는 사마쿠와 밤부가 1차 목표였다.

반군인 자이르해방전선의 본거지인 코마와 부카부의 탈환을 위해 자이르 정부군의 주력부대를 남부 지역으로 돌릴 수가 없었다.

북부와 서부 지역의 군대는 우간다도 경계해야만 했다.

앙골라 정부군의 작전이 고스란히 코사크 정보팀에 입수되었다.

그동안 코사크 정보팀은 자이르공화국을 위협할 수 있는 국가들에 현지 정보원을 심어두기 위해 공을 들였다.

수백만 달러를 써가며 포섭한 인물들에게서 정보가 들어온 것이다.

"앙골라군의 작전 개시는 25일 새벽 06시입니다. 침입은 지도에 표시된 세 곳의 루트를 통해서입니다."

쿠즈민이 정밀 지도에 붉게 표시된 곳을 가리키며 말했다.

"사마쿠는 앙골라 정부군이, 밤부는 앙골라완전독립민족동맹(UNITA)이 맡기로 했습니다."

"그럼 명령권이 단일화되지 않은 건가?"

"예, 아직 서로를 믿지 못하는 것 같습니다."

앙골라 정부군과 UNITA 반군의 통합은 말처럼 쉽지 않았다. 서로를 적대하며 십여 년간 싸운 양측이었기 때문에 그 불신의 깊이가 상대적으로 컸다.

"음, 둘 사이를 벌어지게 한다면 앙골라 침입을 막아낼 수도 있지 않을까?"

"서로를 싸우게 하는 것이 가장 좋겠지요."

내 말에 김만철이 대답했다.

"어떻게 둘 사이를 벌려놓느냐가 관건이겠네요. 문제는 우리에게 시간이 별로 없다는 것입니다."

김만철의 말처럼 서로 자중지란이 일어나게 만드는 것이 최상이었지만 그 방법이 문제였다. 더구나 준비할 시간이 이틀뿐이었다.

앙골라 군대도 급하게 작전을 전개하느라 예상했던 날보다 이틀이 늦어졌다.

그때 회의실에 코사크 정보팀의 인물이 들어왔다.

"잠비아와 콩고에서 공군을 출동시켜 주기로 했습니다."

앙골라를 견제하기 위해서 국경을 맞대고 있는 잠비아와 접촉을 했다.

현재의 전력상 화력을 강화하는 방법은 공군뿐이었다. 그나마 공군력을 갖춘 두 나라에 협조를 요청했다.

대가는 출동 비용과 함께 공격에 사용한 무기를 2배로 지급하기로 했다.

"하하하! 좋은 소식이네요. 1개 편대씩이라고는 하지만 심리적인 압박이 대단할 것입니다."

보고에 나도 모르게 기분 좋은 웃음이 나왔다.

네 대의 전투기가 1개 편대를 이룬다. 두 나라의 전투기들과 함께 자이르공화국의 공군도 이번 방어 작전에 모두 투입될 예정이다.

이미 카롤레 대령이 이끄는 부대를 격퇴할 때도 전투기의 효과를 톡톡히 보았다.

"공군의 공격은 단 한 번뿐입니다. 누구를 공격해야 하는지가 관건인 것 같습니다."

쿠즈민의 말처럼 앙골라 정부군과 UNITA 반군 중 하나를 화력을 집중해 공격하는 것이 효율적이었다.

순간 그의 말에 좋은 생각이 떠올랐다.

"앙골라 정부에 다시 한번 강력하게 경고해. 국경을 넘는 순간 모든 책임은 앙골라 정부군이 져야 한다고 말이야. 그리고 현지 정보원들을 동원해서 UNITA가 자이르 정부군에 협조한다는 소문을 내게."

"그게 무슨 뜻입니까?"

김만철은 내 말이 이해가 되지 않는다는 듯이 물었다.

"서로에 대한 불신을 이용하려고 합니다. 제가 생각한 대로만 된다면 앙골라는 자중지란에 빠져들게 될 것입니다. 그렇게 되면 손쉽게 그들을 물리칠 수 있습니다."

앙골라 군대를 격퇴하기 위한 구체적인 방안들에 관해서 이야기를 나누기 시작했다.

난 머릿속에서 그렸던 생각들을 구체적으로 회의에 참석한 인물들에게 들려주었다.

"하하하! 그렇게만 된다면 정말 앙골라는 낭패를 당하겠는데요."

김만철이 내 설명에 웃으면서 말했다.

"충분히 통할 수 있는 전략입니다."

"회장님의 생각이 놀라울 뿐입니다."

쿠즈민과 회의에 참석한 모두가 내 생각에 동조했다.

"반드시 성공하게끔 만들어야 해."

완벽한 전략은 아니었지만, 지금은 내 계획이 최선이었다.

Chapter 6

　자이르공화국의 사마쿠와 밤부를 침공하기 위해 접경 도시인 루와우에 모인 앙골라 정부군 핵심 인물들의 표정이 심상치가 않았다.

　"UNITA가 자이르와 내통하고 있다는 정보가 있습니다."

　어깨에 멋진 별을 달고 있는 장성이 입을 열었다.

　"음, 저도 그러한 정보를 입수했습니다. 이대로 작전을 진행해야 하는지 의구심이 듭니다."

　반대편에 앉은 준장 계급장의 장군도 염려스러운 말을 내뱉었다.

"하지만 작전이 돌입하기 전에 갑자기 이런 정보가 들어온다는 것이 이상하지 않나?"

제일 상석에 앉은 인물이 입을 열었다. 그의 양쪽 어깨에는 2개씩 4개의 별이 달려 있었다.

이번 자이르공화국 침공 작전을 이끄는 말룽고 소장이었다.

"자이르가 기만전술을 쓴다고는 생각지 않습니다. 그런 전략을 쓸 수 있는 머리들도 아닙니다."

"그건 빙가보 준장의 말이 맞습니다. 자이르 놈들은 전략과 전술의 차이도 모르는 놈들입니다."

두 사람 다 자이르 정부군을 우습게 생각했다. 그도 그럴 것이 지금껏 앙골라는 자이르 정부군 간의 전투에서 패배한 적이 없었다.

"정권을 장악한 미나쿠를 돕는 러시아의 사업가가 있다는데 놈의 짓이 아닐까?"

말룽고 소장은 룩오일NY와 코사크에 대한 정확한 정보는 없었다.

"한낱 사업가가 뭘 하겠습니까? 너무 염려하시지 않아도 좋을 것입니다. 지금의 문제는 자이르 정부군이나 러시아 사업가가 아닌 UNITA 놈들에 대한 신뢰입니다. 정말로 입수한 정보가 맞다면 우리가 뒤통수를 맞을 수 있습니다."

"그럼 어떻게 했으면 좋겠나?"

"UNITA 놈들이 먼저 움직이게 하시죠. 우리와 약속대로 사마쿠 공세를 진행하는지 말입니다. 또한 자이르 놈들이 어떻게 나오는지도 확인을 해야 합니다."

"작전은 동시에 진행하는 거로 되어 있어. 우리가 움직이지 않으면 UNITA 놈들의 반발이 심할 텐데."

"우리의 공격 시간을 몇 시간 늦추는 것뿐입니다. 사마쿠로 제대로 전진하는지를 확인한 후에 우리도 움직이는 것이지요. 조심해서 나쁠 것은 없습니다."

빙가보 준장의 말에 말룽고 소장이 고개를 끄떡였다.

"좋아, 우리는 UNITA보다 3시간 뒤에 밤부로 진격하는 거로 하지."

회의실에 모였던 인물들은 빙가보 준장의 말에 만족스러운 표정이었다.

*   *   *

자이르 정부군과 카로의 보안군을 비롯한 코사크의 병력까지 모두 밤부로 향하는 길목에 자리를 잡았다.

그러나 사마쿠로 향하는 지역은 텅 비어 있었다.

입수한 정보대로 UNITA 반군은 사마쿠로 향하는 곳으로 진입했다.

이상한 점은 입수한 정보와 달리 앙골라 정부군이 움직이지 않고 있다는 것이었다.

"앙골라 정부군은 아직 국경을 넘지 않았습니다."

"무슨 문제라도 생긴 건가?"

쿠즈민의 보고에 의구심이 들었다.

"아직 파악되지 않고 있습니다."

"우리의 의도를 놈들이 꿰뚫어 보지는 않았겠지?"

사마쿠를 포기하고 밤부에 전력을 집중한 상황이었다. 만약 우리가 세운 전략대로 앙골라 정부군이 움직여 주지 않는다면 낭패였다.

"그렇지는 않을 것입니다."

"준비는 모두 갖추었나?"

"앙골라 정부군이 국경을 넘어서는 순간부터 공격이 이루어질 것입니다."

현지 코사크 대원들을 이끄는 예브게니의 말이었다.

"공군은?"

"콩고와 잠비아 공군은 카투아 공군기지에서 대기 중입니다."

카투아 공군기지는 자이르공화국 중부에 위치한 공군기지였다.

양국의 전투기는 짧은 작전 반경 때문에 공격 후 자국의 공군기지로는 되돌아갈 수 없었다. 거리상의 문제를 해결하기 위해 어제 약속대로 8대의 전투폭격기가 카투아 공군기에 도착했다.

"자이르 공군 또한 이번 출격에 가지고 있는 미사일과 폭탄을 모두 사용할 예정입니다."

쿠즈민의 말처럼 자이르공화국 공군이 가지고 있는 미사일과 폭탄을 모두 소비할 예정이다.

이것이 가능한 것은 러시아에서 출발한 군수 지원함인 벨리키호가 자이르 공군이 사용할 탄약과 미사일을 싣고서 마타디 항구로 향하고 있기 때문이다.

"앙골라 정부군에게 혹독한 결과를 주어야만 이 작전이 성공할 수 있어."

"공군의 폭격이 끝나면 2차적으로 하인드 공격 헬기가 공격을 가할 것입니다. 그리고 마지막으로 카로에 급히 가져온 25대의 박격포가 최종 공격을 마무리할 것입니다."

앙골라 정부군을 겨냥한 120㎜와 85㎜ 견인 박격포가 대기하고 있었다.

2시간 뒤 염려했던 거와 달리 앙골라 정부군이 움직이기 시작했다.

빠르게 움직이는 UNITA 반군과 달리 앙골라 정부군은 마치 소풍을 나온 것처럼 천천히 이동하고 있었다.

그들을 기다리고 있는 것이 지옥의 불구덩이라는 것을 모른 채.

*　　*　　*

1만 명이 넘어서는 병력이 길게 늘어선 채로 자이르공화국 국경선을 넘었다.

국경선이라고 해야 국경을 알리는 팻말과 비어 있는 경비 초소뿐이었다.

"꽁지가 빠지게 도망갔나 보군."

판자로 만든 초소에는 어제까지만 해도 경비병이 있었다.

"원래 자이르 놈들은 겁이 많잖아."

"하하하! 맞아. 하지만 여자들은 우리 쪽보다 나은 것 같아. 이번에 그 맛 좀 봐야겠어."

"하하하! 하나라도 좋은 게 있어야지."

국경선을 넘는 병사들은 다들 싱글벙글하며 잡담을 나누었다.

병사들 사이로 간간이 야포를 실은 트럭과 지휘관이 탄 지프가 먼지를 뿌리며 지나갔다.

자이르공화국에 진입한 앙골라 정부군은 전투 경험이 풍부했다. 이들의 최종 목적지는 밤부를 거쳐 키부지의 코발트 광산이었다.

키부지에는 올해 초 대규모 코발트 광산이 발견되었고 계약자는 닉스코어였다.

순조롭게 국경을 넘어 밤부로 향하는 길목으로 들어선 지 1시간이 흘렀을 때였다.

쾅!

선두에 서서 달려가던 트럭이 공중으로 날아오르며 불길에 휩싸였다.

"뭐냐? 지뢰라도 밟은 거냐?"

앙골라 병사들이 어리둥절한 표정으로 불타는 트럭을 보는 순간 오른쪽에서 소리가 들려왔다.

"적기다!"

한 병사의 외침에 병사들은 하늘을 쳐다보았다.

동쪽과 서쪽 하늘에 15대의 전투기가 맹렬한 기세로 날아오는 것이 보였다.

"피해라!"

사방에서 들려오는 병사들의 외침이 있었지만, 벌판인 이곳에는 몸을 피할 곳이 없었다.

전투폭격기들은 풍부한 먹잇감을 발견한 송골매처럼 하

나둘 급강하하고 있었다.

세애액!

무리를 이룬 아프리카의 누우 떼가 맹수의 공격으로 흩어지듯이 대오를 갖추고 이동하던 앙골라 정부군도 사방으로 흩어지기 시작했다.

쾅! 콰쾅!

투두투두둥!

전폭기들은 달아나는 보병들보다는 군용 트럭과 지휘관이 탄 지프를 노렸다.

마치 폭격 연습을 하는 듯한 미사일과 폭탄 투하로 인해 수십 대의 트럭과 지프가 불타올랐다.

달아나는 병사들 일부가 하늘을 향해 소총을 쏘았지만, 차례대로 진입하는 전폭기의 먹잇감으로 전락했다.

콰—쾅! 콰쾅쾅!

달아나지 않고 고정된 표적들은 모두 불타올랐다.

전폭기들은 싣고 온 미사일과 포탄은 물론 기관총의 탄약까지 모두 소비한 후에야 자리를 떠났다.

전폭기들이 사라지자 피해 상황이 한눈에 드러났다. 길 위를 달리던 군용 트럭과 지프 중 삼분의 이가 불타올랐다.

더구나 지프에 타고 이동하던 장교들도 대거 사망했다.

망연자실한 표정으로 길가를 바라보고 있는 병사들은 지

금의 상황이 믿기지 않는다는 모습이었다.

앙골라 병사들은 지금처럼 대규모 공군의 공격을 받은 적이 없었다.

사방에서 들려오는 부상자들의 고통스러운 외침과 수많은 사망자의 모습을 지켜볼 때쯤이었다.

두투투투!

이번에는 북쪽에서 기분 나쁜 헬기 음이 들려왔다.

현장을 수습하던 앙골라 병사들은 불안한 표정으로 하늘을 보았다.

아니나 다를까 네 대의 하인드 공격 헬기가 저승사자처럼 다가오고 있었다.

*   *   *

사탄의 마차라고 불리는 Mi―24 하인드 공격 헬기의 등장에 앙골라 정부군은 패닉에 빠져들었다.

무엇을 어떻게 해야 하는지를 알려주는 지휘관도 없었다.

트르르릉둥!

얼어붙은 그들을 향해 하인드 공격 헬기의 기수 아래에 장착된 12.7㎜ 4연장 개틀링포가 불을 뿜었다.

쾅!

멈춰 있던 지프가 개틀링포의 집중포화에 폭발하며 뒤집혔다.

그때를 시발점으로 하인드 공격 헬기를 멍하니 바라보고 있던 앙골라 정부군들이 사방으로 달아나기 시작했다.

팅티팅! 팅팅!

개중에는 들고 있던 소총과 기관총으로 커다란 덩치의 하인드를 공격하는 인물들도 있었다.

하지만 12.7㎜ 기관포 사격에도 견딜 수 있도록 동체를 티타늄으로 장갑화한 하인드에는 소용이 없었다.

네 대의 하인드 공격 헬기는 양 무리를 몰듯이 달아나는 앙골라 정부군을 공격했다.

피슝웅! 피슝!

콰콰쾅!

양쪽 날개에 장착된 57㎜ 로켓 포드가 불을 뿜자 공군의 공격에 살아남아 있던 군용 트럭들이 파괴되었다.

양 무리 사이를 헤집고 다니는 늑대처럼 하인드는 앙골라 정부군을 무자비하게 학살해 나갔다.

전폭기의 공격보다도 하인드 공격 헬기가 주는 공포가 더욱 심했다.

낮은 허공에서 유유자적 날아다니는 하인드를 향해 대공

화기와 기관총을 쏘아도 소용이 없었다. 공격이 통하지 않는다는 절망감에서 오는 공포는 대단했다.

단 한 번도 이러한 경험을 겪어보지 못했던 앙골라 정부군은 완전한 공포에 빠져들었다.

일부의 인물들은 달아나는 걸 포기하고는 총을 땅바닥에 버린 채로 무릎을 꿇고 항복의 표시를 했다.

하인드 공격 헬기도 모든 무기를 다 쏟아부은 후에야 자리를 떠났다.

하인드가 떠난 자리는 아비규환이었다.

선두에 섰던 부대는 완전히 괴멸되었고, 군용차량 중 움직일 수 있는 것은 운 좋게 공격을 피한 한두 대뿐이었다.

울부짖으며 군의관을 찾는 외침들이 사방에서 들려왔다.

"어디서부터 잘못된 거야?"

살아남은 지휘관 중 가장 높은 계급인 쿠민다 중령은 자신의 눈앞에 펼쳐진 광경이 믿어지지 않았다.

하지만 그것이 끝이 아니었다.

하인드 공격 헬기에 의해 정확한 좌표를 전달받은 카로의 보안군이 공격을 개시했다.

25대의 120㎜와 85㎜ 견인포와 박격포가 불을 뿜었다.

정확한 포격은 부상자들을 수습하기 위해 모여 있던 앙골라 정부군의 머리 위로 정확하게 떨어졌다.

집중적인 포병 공격은 남아 있던 앙골라 정부군의 사기를 완벽하게 사라지게 만들었다.

지금까지 경험하지 못한 입체적인 공격에 전의를 상실한 앙골라 정부군은 지휘관의 명령도 먹히지 않았다.

누구라고 할 것 없이 넘어왔던 국경으로 달아나기 시작했다.

질서 정연한 후퇴가 아닌 살기 위한 도망이었다.

이러한 상황을 살아남은 쿠민다 중령은 말룽고 소장에게 다급히 보고했다.

그리고 말룽고 소장에게서 놀라운 말을 전해 들었다.

─UNITA 놈들이 우릴 배신했다.

수천 명의 사상자를 낸 앙골라 정부군과 달리 UNITA의 반군은 단 한 명의 부상자나 사망자도 없었다.

넓은 벌판에 널려 있는 시체들을 수습할 시간도 없이 살아남은 앙골라 정부군은 부상자들을 이끌고 황급하게 후퇴했다.

UNITA의 반군이 자이르 정부군과 연합해 앙골라 정부군을 공격하기로 했다는 정보가 전해졌기 때문이다.

그러나 의기양양하게 사마쿠로 진군하던 UNITA 반군도 다급하게 앙골라로 되돌아갈 수밖에 없었다.

앙골라 정부군이 약속을 깨고 UNITA 반군의 본거지인

솜보를 공격한 것이다.

*　　　*　　　*

전장으로 변할 것으로 여겨졌던 자이르공화국의 남동부 지역에서 앙골라 정부군과 UNITA 반군이 후퇴했다는 소식에 CIA의 중부아프리카 책임자로 온 피터는 어리둥절했다.

더구나 앙골라는 평화협정을 맺었던 정부군과 UNITA 반군 간의 전투가 다시금 치열하게 벌어지기 시작했다.

오히려 자이르공화국에서 벌어져야만 하는 일이 앙골라에서 일어난 것이다.

"도대체 밤부에서 무슨 일이 있었기에 자이르가 아닌 앙골라에서 내전이 다시금 벌어지는 거야?"

"들어온 정보에 따르면 UNITA가 자이르 정부군에게 정보를 팔았다고 합니다."

피터의 물음에 작전을 진행했던 CIA요원이 대답했다.

"무슨 정보를 말이야?"

"앙골라 정부군의 작전 루트가 고스란히 자이르 정부군에게 넘어간 것 같습니다. 자이르군이 기다렸다는 듯이 앙골라 정부군을 공격했습니다. 문제는 사마쿠로 진입한 UNITA에 대한 자이르 정부군의 공격이 전혀 없었다고 합니다. 그리고 사빔비 UNITA 의장과 자이르공화국의 대사가 자이르를 침공하기 전 비밀리에 만난 것 같습니다."

CIA요원의 말에 피터의 인상이 구겨졌다.

"UNITA가 배신을 했단 말이야?"

"아직 정확한 정보가 들어오지 않고 있습니다. 앙골라 정부군은 확신하는 것 같습니다. 앙골라군은 이번 밤부 전투에서 3천 명에 가까운 희생자가 발생한 것 같습니다."

"결과를 따지면 자이르 놈들이 우리 작전을 모두 파악하고 있었다는 말이 되잖아."

"러시아 코사크의 도움으로 자이르 정보부가 크게 성장한 것은 사실입니다. 문제는 저희가 자이르와 르완다, 부룬디에서 철수했기 때문에 정확한 정보 습득이 어렵습니다."

코사크 정보팀은 중부아프리카 CIA요원들의 정보를 세 나라에 넘겼다.

미국은 프랑스와 벨기에와 함께 중부아프리카 국가들의 분쟁과 내전을 조장했다.

정확한 정보를 바탕으로 세 나라의 정보부는 CIA에 협조한 자국인들을 체포했고 관련자들을 추방했다.

"코사크! 코사크! 가는 곳마다 코사크가 일을 방해하는군. 대책은 뭐냐?"

신경질적인 반응을 보이는 피터였다. 계속된 실패는 곧

조직에서 버림을 받게 되는 것이었다.

피터는 상관으로 모셨던 제임스를 자신의 손으로 죽였다. 자신도 마스터의 눈 밖에 나는 순간 제거될 것이 분명했다.

"현재로서는 중부아프리카에서 영향력 확대를 노리는 우간다를 끌어들이는 것이 최선인 것 같습니다. 우간다는 미나쿠가 아닌 로랑 카빌라를 지지하고 있습니다."

"우간다를 끌어들이기 위한 시간이 얼마나 걸릴 것 같아?"

"적어도 한 달은 작업을 해야 할 것입니다. 군부 관계자들과……."

"그만! 일주일 내로 자이르를 불타오르게 할 방법을 찾아. 우린 시간이 없어."

피터는 CIA요원의 말을 끊어버렸다. 자신의 말처럼 피터에게는 시간이 없었다.

*   *   *

기대했던 것 이상으로 모든 것이 완벽하게 이루어진 작전이었다.

앙골라 정부군은 큰 피해를 입은 채로 다시금 국경을 넘어 앙골라로 후퇴했다.

살기 위해서 모든 것을 버려두고서 허둥지둥 도망을 친 것이다.

탄약과 군용물자를 실었던 군용 트럭들은 대다수 파괴되었고, 장성급 지휘관을 비롯한 수십 명의 앙골라군 장교가 사망했다.

앙골라 정부군에게서도 능력 있는 야전 지휘관들이 대거 목숨을 잃은 것이다.

"앞으로 앙골라는 자이르공화국을 함부로 넘보지 못할 것입니다."

"하하하! 회장님의 멋진 전략이 그대로 맞아떨어졌습니다."

김만철은 호쾌하게 웃으며 말했다.

그의 말처럼 원했던 것에 100%가 아닌 200% 이상의 효과가 나타났다.

자이르공화국 정부군과 카로의 보안군, 그리고 코사크 대원 중 단 한 명의 부상자와 사망자도 발생하지 않고서 앙골라 정부군과 UNITA 반군을 물리친 것이다.

3배에 가까운 병력 차이를 전략과 화력으로 커버한 것이기도 했다.

"모든 것이 정확한 정보력 덕분에 가능할 수 있었습니다.

앞으로도 정보수집에 더욱 힘을 써야 할 것입니다."

코사크 현지 정보팀과 자이르공화국 정보부의 합작으로 이루어낸 일이었다.

정확한 정보를 토대로 앙골라 정부군의 움직임을 손금 보듯이 모두 파악할 수 있었고, 그에 따른 대비를 할 수 있었다.

"이번 일은 코사크 정보팀은 물론이고 자이르 정보부의 존재 가치가 더욱 빛을 발하는 일이었습니다. 미나쿠 의장도 자이르 정보부에 대한 투자를 늘리겠다고 했습니다."

현지 정보팀을 이끄는 쿠즈민은 밝은 표정으로 말했다.

자이르 정보부는 이제까지 국익을 위한 일보다는 모부투 자이르 대통령의 정적을 감시하고 민주 인사를 체포하는 데만 앞장섰다.

독재국가들에서 정보기관이 권력의 시녀로 전락하는 것은 늘 있는 일이었다. 이제는 그러한 일에서 탈피하고자 하는 시발점이 이번 앙골라 작전이었다.

"좋은 결정이야. 자이르공화국이 변화하려면 권력자와 지식인들이 먼저 바뀌어야 해. 그리고 중앙아프리카의 발전과 변화를 이끌기 위해서는 자이르의 안정이 무엇보다도 중요해. 늦어도 3월까지는 자이르해방전선이 자치하고 있는 코마와 부카부를 해방해야만 주변 국가의 침입을 막을 수 있어."

나의 말처럼 앙골라를 비롯한 우간다도 자이르공화국의 지하자원에 눈독을 들이고 있었다.

"코마와 부카부의 포위 작전은 이번 달 말로 마무리할 예정입니다."

코마와 부카부로 들어가는 물자와 무기의 공급을 끊어버리는 작전이 진행 중이었다.

식량과 물자 공급이 현저히 줄어들자 두 도시에 살아가던 주민들이 반군의 눈을 피해 탈출을 시도하고 있었다.

그 탈출 행렬에는 아이러니하게도 반군이 끼어 있었다.

Chapter 7

앙골라는 다시는 자이르공화국을 넘볼 수 없는 사태로 치달았다. 앙골라 정부군과 UNITA 간의 전투가 치열해졌기 때문이다.

앙골라와의 전투가 끝난 후 보름 뒤 부카부가 드디어 자이르 정부군의 손에 넘어왔다.

부카부가 반군의 손에 들어간 지 4년 만의 일이었다.

이제 남은 것은 자이르해방전선의 본부가 있는 코마뿐이었다.

부카부에 남아 있던 반군들은 정부군과 카로의 보안군

공세를 견뎌내지 못했다.

더구나 탄약마저 떨어지자 더는 버틸 수가 없었다.

부카부의 반군들은 코마로 후퇴하지 않고 르완다 국경을 넘어 밀림 속으로 달아났다.

본부가 있는 코마로 향해봤자 소용이 없다는 것을 잘 알고 있었다.

부카부가 해방되자 르완다의 국경이 열렸고 물자와 식량이 즉각적으로 공급되었다.

부카부를 떠나 몸을 피했던 주민들도 소식을 듣고는 다시금 부카부로 돌아오기 시작했다.

이제 남은 것은 로랑 카빌라가 있는 코마뿐이었다.

자이르공화국 내 다른 지역의 소규모 반군들은 정부군에게 항복하거나 소탕되었다.

이로 인해 수도인 킨샤사 지역을 비롯한 카로가 있는 중부와 서남부 지역은 치안력이 더욱 좋아졌고, 경기가 살아나고 있었다.

*　　　*　　　*

부카부가 정부군의 손에 넘어가자 코마에 있는 반군들의 동요가 더욱 심해졌다.

지원을 약속했던 우간다가 병력과 자금 지원을 차일피일 미루자 반군은 상황은 급속도로 악화되어 갔다.

우간다 정부는 앙골라 정부군의 패배에 한발 물러서는 모습을 보였다.

중부아프리카의 군사 강국인 앙골라가 제대로 힘을 써보지도 못한 채, 하루 만에 패배하는 모습에 큰 충격을 받은 것이다.

"병사들의 사기가 떨어져 이대로는 정부군과의 싸움에서 승산이 없습니다."

로랑 카빌라와 오랫동안 함께하며 모부투 독재 정권에 대항했던 카이리마가 힘없는 목소리로 말했다.

카빌라의 동지이자 친구인 카이리마는 정부군과의 싸움에서 승산이 없음을 깨닫고 있었다.

"우간다에서는 아직도 소식이 없는 건가?"

열흘 동안 수염을 깎지 못한 카빌라의 표정은 무척이나 어두웠다. 밀려드는 중압감에 술이 없으면 잠을 잘 수조차 없었다.

"우간다는 포기해야 할 것 같습니다. 앙골라가 전투에 패한 이후부터 연락이 되지 않고 있습니다."

몇 번이나 우간다에 관한 일을 보고했지만, 카빌라는 계속 우간다의 이야기를 입에 올렸다.

"우간다도 우릴 버린 건가?"

초점 없는 표정으로 말하는 카빌라의 눈동자에는 절망이라는 단어가 깃들고 있었다.

"예, 우간다는 더 이상 무의미합니다. 현재 탄자니아와 접촉을 하고 있지만 뚜렷한 답을 해주지 않고 있습니다."

대외 연락 책임자인 오르엠은 지푸라기라도 잡는 심정으로 탄자니아에 도움을 요청했다.

하지만 탄자니아는 닉스코어와 투자 협정을 일찌감치 맺고 있었다.

"후! 병력은 얼마나 남았지?"

한숨을 내쉬는 카빌라의 목소리는 힘이 전혀 없었다.

"1,200명 정도입니다."

카빌라의 부관이 침통한 표정으로 말했다. 부관이 말한 병력에는 부카부에서 물러난 병력까지 포함된 숫자였다.

자이르해방전선은 한때 3만 명에 가까운 병력을 유지하기도 했었다.

하지만 자이르 정부군과의 전투에서 계속된 패배와 주변국의 지원이 끊기자 그 숫자가 급격하게 줄어들었다.

"하하! 고작 1,200명이라고?"

허탈한 웃음을 짓는 카빌라는 어이가 없었다. 처음 모부투 정권에 대항하여 투쟁을 시작했을 때도 지금보다 병력이 많았다.

"차라리 정부와 협상을 벌이는 것이 어떻습니까?"

카이리마는 조심스럽게 입을 열었다. 현실적으로 지금의 자이르해방전선은 정부군을 이길 수 없었다.

더구나 정부군 뒤에는 러시아의 코사크가 있었다. 그들이 가진 전투력을 당해낼 수 없었다.

이미 부카부에서 눈으로 직접 확인했었다.

"후후! 인제 와서 항복하자는 건가?"

"항복이 아니라 협상을 하자는 것입니다. 미나쿠 의장이 제의한 것처럼 선거를 통해서……."

"그만! 모두 여기서 나가."

카이리마의 말을 막은 로랑 카빌라는 만사가 귀찮다는 표정으로 손짓했다.

회의에 참석한 인물들은 눈치를 보며 자리에서 일어났다.

탕!

그리고 카빌라가 머무는 건물에서 나갈 때쯤 한 발의 총성이 들려왔다.

*　　　*　　　*

길고 지루했던 자이르공화국의 내전이 종식되었다.

모부투 정권에 대항하기 위해 결성된 자이르해방전선을 이끌던 로랑 카빌라는 자살로 생을 마감했다.

그의 죽임이 확인되자마자 코마를 점령했던 반군은 다음 날 곧바로 항복 의사를 정부군에게 보내왔다.

코마가 해방되었다는 소식과 함께 내전이 끝이 나자 자이르공화국 전역에서 축제가 벌어졌다.

전쟁은 피폐함과 궁핍함을 사람들에게 가져다준다. 장기간에 걸친 내전은 자이르공화국 국민의 삶을 송두리째 바꾸어놓았었다.

배고픔과 질병은 삶에 있어 당연하게 따라다니는 것으로 간주할 정도로 온 나라가 가난이 팽배했다.

이것은 자이르공화국만의 문제가 아니었다.

르완다와 부룬디는 물론이고 자이르를 침공했던 앙골라도 마찬가지였다.

"하하하! 이 모든 일은 강태수 회장님 덕분입니다. 자이르가 정말 큰 은혜를 입었습니다."

자이르공화국을 이끌고 있는 미나쿠 의장이 기분 좋은 웃음을 토해내며 말했다.

자이르 국민들은 수십 년간 이어졌던 내전을 종식시킨 미나쿠의 지도력을 높이 평가하고 있었다.

"하하하! 아닙니다. 의장님께서 복이 많으셔서 그렇습니다."

미나쿠는 복이라는 말을 나에게 들어 알고 있었다.

"제가 복이 있다는 건 사실입니다. 강 회장님을 만날 수 있었다는 게 큰 복입니다. 앞으로도 자이르공화국을 많이 도와주십시오."

닉스코어와 룩오일NY은 자이르공화국 내 자원 개발과 연관된 모든 일을 주관하는 계약을 체결했다.

포괄적인 자원 개발 계약에는 개발에 인프라 사업은 물론이고 도시 정비 사업까지 들어 있었다.

"물론입니다. 자이르공화국이 중앙아프리카에서, 아니, 아프리카에서 가장 부유한 나라가 될 수 있도록 최선을 다하겠습니다."

아프리카에서 자원의 보고로 통하는 자이르공화국은 이제껏 신이 준 선물을 제대로 활용하지 못했다.

아니, 활용할 수 없게끔 프랑스와 영국, 그리고 벨기에가 뿌리 깊은 불신을 종족 간에 심어놓았다.

식민지 시절의 수탈을 지금까지 이어가기 위한 수단이자 방법이었다.

자이르공화국의 내전이 종식되자 미국의 클린턴 행정부는 리처드 홀부룩 전 국무부 차관보와 함께 중량급으로 꼽

히는 빌 리처드슨 유엔 대사를 급파했다.

평상시 아프리카에서 영국과 프랑스의 외교 주도권을 인정하고 방관적인 태도를 보였던 미국으로서는 이례적인 일이었다.

이러한 미국의 모습에 중부아프리카의 종주국 노릇을 했던 프랑스가 못마땅해하고 있었다.

프랑스와 영국도 차관급 인사를 다급하게 킨샤사로 파견했다.

이들은 자이르공화국의 재건을 돕겠다는 이유를 들며 차관 제공이라는 선물을 가지고 왔다.

각국의 이러한 모습은 다이아몬드, 코발트, 구리, 아연, 석유 등 자이르의 풍부한 천연자원을 차지하기 위해서였다.

또한 남아공과 유럽, 그리고 북미의 국제 광산업 관계자와 회사들이 자이르로 몰려들었다.

하지만 이미 닉스코어는 노른자로 불리는 키부시의 아연광산과 콜웨지의 코발트 광산을 손에 넣었다.

룩오일NY도 2천2백만 톤의 구리와 코발트가 묻혀 있는 텐케 풍구루메 광산 채굴권 계약을 체결했다.

이것은 시작에 불과했다.

모부투에 의해 남아공과 유럽 쪽 광산회사에 넘어갔던

광산개발권들도 자이르공화국이 회수해 닉스코어와 계약했다.

이들 회사는 탈세는 물론이고, 뇌물을 통해서 불법적인 자금 세탁, 그리고 노동력 착취 등 이익이 되는 일이라면 가리지 않고 해왔다.

불법적인 행위에 대한 증거들은 코사크 현지 정보팀과 자이르 정보부가 수집하여 미나쿠 의장에게 보고했다.

증거자료 앞에서 해당 기업들은 광업권과 개발권을 자이르 정부에게 되돌려 줄 수밖에 없었다.

이들 기업의 자료는 코사크가 자이르에 진출하는 순간부터 수집되었다.

자이르공화국의 주요 광업권과 자원 개발권은 닉스코어와 룩오일NY 아래에 놓이게 되었다.

자이르의 자원을 노리고 몰려든 각국의 광산업과 에너지 기업들은 미나쿠 의장을 만나기 위해 애를 쓰고 있었다.

또한 자이르공화국을 방문한 각국의 정부 관계자들도 자국의 기업들을 돕기 위해 동분서주했다.

하지만 쉽게 미나쿠 의장을 만날 수가 없었다.

역사대로 자이르공화국은 콩고민주공화국(DR콩고)으로 국가 이름을 개명했다.

로랑 카빌라가 진행했었던 일들을 미나쿠가 대신 처리해 나가고 있었다.

미나쿠는 콩고민주공화국의 대통합을 위해 모부트 전 대통령에 의해 감옥에 갇혔던 민주 인사들과 언론인들을 석방했고 사면 복권시켰다.

또한 사소한 범죄행위로 감옥 생활을 하는 사람들도 모두 풀어주었다.

미나쿠는 자신의 약속대로 3월 민주선거를 통해 대통령을 뽑겠다고 발표했다.

굳이 이러한 절차를 진행하지 않아도 DR콩고의 권력을 움켜잡을 수 있었지만 미나쿠는 자신이 말한 것을 실천하고 있었다.

이러한 행동에 DR콩고의 국민들은 미나쿠를 더욱 신뢰했다.

미나쿠의 대항마가 없는 상황에서 대통령은 미나쿠가 될 것이 확실했다.

한편으로 방송과 언론에 대한 정부 통제도 중지시켰다.

미나쿠는 자신이 배우고 열망했던 자유민주주의에 대한 실천을 하나둘 해나가고 있었다.

항복한 반군들에 대해서도 죄를 묻지 않고 과감하게 사면 조치했다.

DR콩고의 올바른 변화는 아래서부터 일어나는 것이 아닌, 위에서부터 시작되고 있었다.

미나쿠의 행동을 돕기 위해 닉스코어와 룩오일NY는 10억 달러에 달하는 DR콩고 투자 계획을 발표했다.

물론 10억 달러의 수십 배에 달하는 이익이 두 회사로 돌아올 것이다.

한편으로 DR콩고에서 활약했던 코사크 대원들에게 푸짐한 보너스와 휴가를 제공했다.

이들의 활약이 없었다면 DR콩고에서의 일은 성공할 수 없었다.

모든 일을 정리한 후에야 나는 한국으로 향하는 비행기에 오를 수 있었다.

3개월 만에 다시금 한국으로 돌아가는 것이다.

*   *   *

한라건설의 갑작스러운 부도 소식은 증권가에 큰 충격이었다.

한라그룹의 핵심 기업이자 그룹 성장에 일조했던 한라건설이 결제일에 돌아온 만기어음 56억을 막지 못해 부도 처리된 것이다.

부도 소식에 한라건설의 주식은 액면가 이하로 급락했다.

작년 금호동과 옥수동 재개발 사업에서 수천억 원의 큰 피해를 보았고, 그로 인해 그룹 총수인 정태술 회장이 검찰 조사까지 받았었다.

그 이후 한라건설은 재개발 사업에서 손을 뗐었고, 한라건설의 핵심 자산을 팔아서 재기에 나섰었다.

재기의 발판을 삼기 위해 야심 차게 준비했던 대치동과 논현동의 고급 빌라 단지가 계획했던 것보다 분양이 이루어지지 않았다.

한 채에 평균 15억에 달하는 고급 빌라가 아직은 국내에서 호응을 받지 못한 것이다.

새롭게 선택한 주택 사업에서 미분양이 속출하자 한라건설의 자금 경색이 심해졌다.

이미 그룹의 여유 자금이 그룹의 모기업인 한라㈜를 방어하기 위해 소진되었고, 소빈뱅크에게 팔아넘긴 서초동 토지의 매매 대금 1천8백억 원 또한 밀린 하도급 대금과 고급 빌라 단지 조성에 모두 투입되었다.

거기에 소빈뱅크에서 대출받은 378억 원까지 투입된 상황이었다.

국내 은행보다 저렴한 이자로 돈을 빌려주었던 소빈뱅크

가 어음을 연장해 주지 않은 것이다.

문제는 주거래은행인 한일은행도 이번 일로 어음을 연장해 주지 않을 수 있었다.

"은행 앞에서 밤을 새우더라도 은행장을 만나란 말이야!"

한라건설을 맡고 있는 이태용 사장은 전화기를 붙잡고 소리쳤다.

이태용은 소빈뱅크에서 어음을 2달간 연장해 줄 것이라고 믿었었다.

서울 지점 그레고리 은행장과의 식사 자리에서도 긍정적인 답변을 들었던 터라 더욱 확신하고 있었다.

하지만 철석같이 믿고 있었던 소빈뱅크에서 한라건설의 어음 결제일에 어음을 부도 처리한 것이다.

아침부터 한라건설에는 부도를 묻는 전화가 쇄도했다.

쾅!

신경질적으로 전화를 끊고 나자마자 전화벨이 울렸다.

뚜뚜! 뚜뚜!

"여보세요?"

그룹 내 인물들과 연결되는 직통전화였다.

―어떻게 된 거야?

일본에 나가 있던 정태술 회장의 전화였다.

"예, 그게 소빈뱅크에서 약속과 달리 어음을 부도 처리했습니다."

—무슨 소리를 하는 거냐? 일을 어떻게 처리했길래 부도가 나!

흥분한 정태술은 이태용이 눈에 보이면 당장에라도 주먹을 날릴 목소리였다.

"그레고리 은행장에게 약속을 받았었습니다. 저도 소빈뱅크가 왜 이런 식으로 나오는지 모르겠습니다."

당황한 이태용의 이마에서는 식은땀이 맺히기 시작했다.

—그걸 말이라고 하는 거야! 지금 당장 그레고리를 만나서 문제를 해결해!

고래고래 소리를 지르는 정태술의 말에 이태용은 난감할 뿐이었다.

그레고리와 연락이 닿지 않고 있었다.

소빈뱅크 서울 지점은 그레고리가 러시아로 출장을 갔다는 말만 전할 뿐이었다.

"그게… 그레고리와 연락이 되지 않고 있습니다."

—이놈이 나랑 장난을 하나? 그게 할 소리냐! 이번 사태를 수습하지 못하면 네가 다 책임져야 할 거야.

분노에 찬 정태술은 그대로 전화를 끊어버렸다.

뚜뚜—뚜!

아마도 제일 빠른 비행기를 타고 한국으로 돌아올 것이다.

정태술이 오기 전에 그레고리의 행방이라도 알아내야만 했다.

삐!

―예, 사장님.

"차 대기시켜. 그리고 수단 방법을 가리지 말고 그레고리의 행방을 알아봐.

―예, 알겠습니다.

"후! 이 개새끼를 어떻게 잡아야 하지."

비서실에 지시를 내린 이태용은 깊은 한숨과 함께 분노를 표출했다.

정태술의 말처럼 이번 사태를 수습하지 못하면 자신의 인생은 끝이었다. 정태술의 성격상 회사에서 쫓아내는 것으로 끝내지 않을 것이 분명했다.

더구나 문제는 다음 달에 돌아오는 75억 원짜리 어음도 문제였다.

이태용은 다시금 전화기를 들었다.

회사자금을 담당하는 이성룡 전무에게 전화한 것이다.

"난데. 광고비로 잡아놓은 돈하고, 이번 달 월급 지급하지 마."

어떻게든 시간을 벌어야만 했다.

부도난 55억 원은 빌라 광고를 위해 잡아놓은 광고비와 직원들 월급으로 해결할 수는 있었다.

하지만 부도 처리로 인해 떨어진 신용과 주가는 당장 해결할 수 있는 문제가 아니었다.

더구나 그룹 차원에서 한라건설에 지원할 자금이 이제는 없었다.

여의도 소빈뱅크 서울 지점에는 지점장인 그레고리를 만나기 위해서 한라건설의 관계자는 물론 한라그룹에서 자금을 담당하는 핵심 간부들이 방문했다.

하지만 그레고리는 소빈뱅크에 모습을 나타내지 않고 있었다.

한라그룹의 관계자들이 애타게 찾고 있는 그레고리는 같은 건물 내 27층에 자리 잡고 있는 닉스홀딩스의 회장실에 모습을 드러냈다.

"한라건설의 자금은 어느 정도지?"

"이번 어음은 막아낼 수 있을 것 같습니다. 하지만 다음 달에 돌아오는 77억짜리 어음은 결제할 수 없을 것입니다. 그리고 이번 일로 인해 한라건설은 시장의 신뢰를 완전히 잃었습니다."

그레고리는 내 질문에 현재 한라건설의 상황을 간단하게 정리했다.

"또 한 가지. 한라건설은 주식을 담보로 대출금 상환 유예를 들고 나올 수 있습니다."

닉스홀딩스 김동진 비서실장의 말이었다.

"한라건설의 현재 주가는 어떻게 됩니까?"

"2,800원입니다. 시장의 상황으로 보아 내일모레까지 하한가가 이어질 것으로 보고 있습니다. 그러면 천 원대로 떨어질 것입니다."

"우리가 가지고 있던 주식은?"

"예, 모두 처분했습니다."

나의 말에 그레고리가 대답했다.

소빈뱅크는 한라(주)와 한라건설의 주식을 통해서 6백3십억 원에 달하는 수익을 올렸다.

소빈뱅크가 수익을 올린 이상으로 한라그룹은 손해를 보았다.

"이젠 우리가 굳이 한라건설까지 인수할 필요성은 없겠군요."

"예, 한라건설은 해외 건설에 주력했던 것이 아니었습니다. 국내 재개발 사업과 아파트 분양으로 성장한 건설사라 특화된 시공 능력이나 기술 개발도 없는 회사입니다."

김동진 비서실장의 말처럼 한라건설은 성장 동력은 재개발 사업이었다.

동남아시아에 해외 건설 사업을 몇 군데 진행하고 있었지만, 돈이 되는 사업이 아니었다.

이제 재개발 사업이라는 자양분을 흡수하지 못하는 상황에, 자금 압박과 미분양이라는 악재까지 겹치니 다른 건설사들과의 경쟁에서 뒤처지고 있었다.

이대로 두어도 한라건설은 얼마 가지 못할 것이다. 하지만 한라건설 뒤에 있는 한라그룹을 확실히 흔들기 위해서는 한라건설의 숨통을 확실히 조여야만 한다.

"그럼 계획대로 진행하십시오. 그리고 굳이 다음 달까지 기다리지 말고 모든 자금을 회수해."

나는 그레고리와 김동진에게 말했다.

"예, 알겠습니다."

"말씀대로 하겠습니다."

두 사람은 대답을 한 후 회장실을 나갔다.

한라그룹을 흔들어놓기 위한 작업이 이제 본궤도에 올라선 것이다.

한라그룹의 한 축인 한라건설이 쓰러지면 한라그룹은 다가오는 IMF 때 결코 살아남을 수 없을 것이다.

*　　　*　　　*

일정보다도 3일 먼저 한국에 도착한 한라그룹 정태술 회장의 표정은 심하게 굳어 있었다.

그는 곧장 한라건설의 본사로 향했다.

한라건설 사장인 이태용은 긴장된 표정으로 정태술을 맞이했다.

"죄송합니다. 면목이 없습니다."

회의실로 안내한 이태용은 정태술을 보자마자 고개를 숙이며 말했다.

"면목이 없다는 거로 끝나지 않아. 네놈이 한라건설을 제대로 말아먹었어. 자금은 마련한 거냐?"

정태술은 마치 늑대가 위협하듯이 으르렁거리는 것처럼 말을 했다.

그는 이태용이 야심 차게 추진했던 논현동과 대치동 고급 빌라 단지의 실패를 근본적인 원인으로 보았다.

하지만 고급 빌라 단지 조성은 이태용의 보고를 받고 정태술 회장이 최종 결재를 했다.

"예, 마련해 놓았습니다."

이태용은 기운 없는 목소리로 답했다.

"소빈뱅크 은행장은 어떻게 됐어?"

"아직 만나지 못했습니다."

"이 새끼가 일을 하는 거야? 지금 뭐 하고 있는 거야!"

정태술은 앞에 놓인 서류철을 이태용에게 던지면서 말했다.

"모스크바로 출장 중이라 내일모레나 한국에 들어올 수 있다고 합니다."

맞은편에 앉은 자금 담당 전무인 이기동이 재빨리 나섰다.

"도대체가 일을 어떻게 처리했길래 부도가 날 수 있어? 한라건설이 구멍가게야? 어떻게 처리할 거야?"

쏟아지는 정태술의 말에 회의에 참석한 인물 모두가 꿀 먹은 벙어리가 되었다.

지금 당장 뚜렷하게 해결할 방법이 없었다.

논현동과 대치동 고급 빌라 단지의 미분양이 해결되어야만 숨통이 트일 수 있었다.

더구나 옥수동과 금호동에서 진행했던 재개발 사업과 관련되어 구청과 주민들과의 민사소송이 진행 중에 있었다.

1차 소송에서 패소한 상태였고, 현재 고등법원에 항소 중이었다.

민사소송에서 패하면 130억 원 이상의 자금이 추가로 소요될 수 있었다.

이래저래 한라건설의 앞날에는 먹구름이 잔뜩 끼어 있었다.

"그레고리 은행장이 돌아오면 문제의 해결점을 찾을 수 있을 것입니다."

"어떻게 찾아?"

"우선 저희가 소유한 주식을 담보로……."

쾅!

정태술 회장이 회의 테이블을 주먹으로 강하게 내려치자 이태용이 끝까지 말을 잇지 못했다.

"이 새끼가 정말! 지금 한라건설의 주가가 얼마냐?"

"2,800원입니다."

"그레고리가 내일모레 오면 그때 한라건설의 주가가 얼마나 될 것 같아?"

주가지수는 8개월 만에 9백 선이 무너진 상태였다.

작년 6월 887.93을 기록한 이후 처음이며 거래 대금도 2천 9백87억 원으로 연중 최저치를 기록했다.

가뜩이나 시장 에너지가 약해진 상황에서 한라건설의 부도와, 부광약품 등의 불공정 거래와 관련되어 일부 증권사의 펀드매니저에 대한 구속설이 터져 나오자, 투자 심리가 극도로 위축되어 중소형 개별 종목을 중심으로 투매물량이 쏟아졌다.

오늘 오른 종목은 상한가 25개를 포함해도 47개에 불과했고 내린 종목은 하한가 428개를 포함해 758개였다.

현재 상·하한가 가격 제한 폭은 6%였다.

"천… 원대로 떨어질 것 같습니다."

이태용은 마지못해 정태술의 말에 대답했다.

"3만 원짜리 주식이 천 원이 된다는 게 말이 된다고 생각해?"

정태술의 말에 회의실에 있는 모두가 벙어리처럼 입을 닫아버렸다.

현재 한라건설이 직면한 문제의 시발점은 옥수동과 금호동 재개발 때부터였다.

단독으로 한라건설이 재개발 시공사로 정해졌을 때 한라건설의 주가는 한때 3만 원대까지 올라섰었다.

하지만 지금 천 원대를 코앞에 두고 있었다.

"다들 왜 말이 없어! 천 원짜리 주식을 너 같으면 담보로 받을 수 있겠어?"

이미 시장에서는 한라건설의 어음을 받지 않고 있었다.

그때였다.

회의실 문이 열리면서 직원 하나가 조심스럽게 들어와 이태용에게 쪽지 하나를 건넸다.

그룹 회장과 회의를 하는 중간에 뭔가를 전달한다는 것

은 그만큼 큰 사태가 일어난 것이었다.

"뭐냐?"

"저, 그게……."

이태용은 정태술의 말에 곧바로 대답하지 못했다.

"뭐냐니까?"

"소빈뱅크에서 대출금을 모두 회수하겠다는 연락이 왔습니다."

"지금 무슨 소리 하는 거야? 아직 기간이 있잖아."

"그게 대출금리를 시중보다 저렴하게 해주는 조건으로 올 2월이 지나면 언제든지 회수할 수 있게 계약을 했습니다. 빌라 단지가 분양되면 충분히 갚을 수 있어서……."

이태용은 더는 말을 잇지 못했다.

한라건설 대표에 취임하고 고급 빌라 단지 조성 사업을 시작할 때만 해도 오늘처럼 일이 꼬이리라고는 생각지도 못했다.

시중 은행보다 1%나 저렴한 대출 조건에 소빈뱅크의 조건을 수용했었다.

"허허! 이거 정말 회사를 말아먹었네."

정태술은 어이가 없다는 표정으로 말했다.

소빈뱅크에서 378억 원의 대출금을 한꺼번에 회수하면 한라건설은 최종 부도가 날 수밖에 없었다.

*　　　*　　　*

이른 아침부터 소빈뱅크 앞에는 한라건설과 그룹 관계자들이 나와 있었다.

소빈뱅크 실무자들과 이야기를 나누었지만, 결정은 모두 그레고리 은행장의 소관이라는 말만 들을 뿐이었다.

그레고리 은행장이 머무는 한남동 집에도 밤새 한라건설 직원이 대기하고 있었다.

1차 부도가 난 56억의 대금은 입금되어 최종 부도는 넘겼지만, 한라건설은 1주일 안에 322억 원을 마련해야만 했다.

그렇지 않으면 최종 부도로 이어질 수밖에 없었다.

한라그룹의 정태술은 그룹 차원에서 한라건설을 절대 돕지 않겠다고 이태용에게 못을 박았다.

그도 그럴 것이 한라그룹 내에 돈이 없었다.

외부로 알려지진 않았지만, 한라(주)와 한라건설로 인해 3천억 원이 넘는 자금이 사라졌다.

또한 정태술 회장의 개인 자금 420억 원도 손해를 보았다.

한라건설을 돕다가는 다른 계열사들까지 위험해질 수 있었다.

예상대로 시간이 지나자 한라건설의 주가는 천 원대 아래까지 떨어졌다.

이러한 분위기가 지속되자 주거래은행인 한일은행까지도 한라건설에 대해 자금 회수를 하려는 움직임을 보였다.

"예상대로 한라건설의 주거래은행인 한일은행에서도 담보를 더 요구했습니다."

김동진 비서실장이 한라건설의 진행 상황을 보고했다.

"정태술이 한라건설을 정말 포기할까요?"

"그럴 수는 없을 것입니다. 한라건설이 부도가 나면 상호지급 보증이 되어 있는 한라유통과 한라병원도 위험해집니다."

상호지급보증은 한 그룹에 속한 기업이 금융기관으로부터 대출을 받을 때 그룹 내의 다른 기업이 대출에 대한 채무를 보증하여 주는 행위를 말한다.

상호지급보증은 자사의 신용이 아닌 계열사의 힘으로 대출을 받거나 채권을 발행하는 것이기 때문에 부실 회사의 퇴출을 가로막고, 한 계열사가 쓰러질 경우 다른 계열사가 연쇄적으로 도산하는 결과를 초래하는 것이 문제였다.

"그럼 결국 정태술의 자금이 나오겠군요."

"예, 저희가 조사한 바로는 정태술은 상당한 부동산과 고미술품을 소유하고 있습니다."

"음, 한라건설로 인해 한라그룹이 계속 중병에 걸리도록 하는 것이 나을 수도 있겠습니다."

완치할 수 없는 난치병 환자처럼 말이다

"저의 생각도 한라건설을 이대로 부도내는 것보다는 한라그룹의 자금을 계속해서 소진하게끔 두는 것이 나을 것 같습니다."

김동진 비서실장도 내 생각에 동조했다.

"그렇다면 호흡기를 떼지 않는 조건으로 우리가 얻을 수 있는 것을 찾아야겠습니다."

"그럼 회의 때 이야기가 나왔던 논현동 빌라 단지를 요구하는 것이 좋을 것 같습니다."

한라건설의 논현동 고급 빌라 단지 조성은 좋은 선택이었다. 하지만 그 시기가 너무 빨랐다.

"좋습니다. 그레고리 은행장에게 연락해서 논현동 빌라 단지를 요구하게 하십시오."

"예, 말씀대로 하겠습니다."

논현동은 향후 고급 빌라와 고급 주택들이 계속해서 들어서면서 부자들이 선호하는 동네가 되었다.

*　　*　　*

이중호가 나에게 만나고 싶다는 연락을 취해왔다. 굳이 만날 필요는 없었지만 피할 이유도 없었다.

세검정에 있는 한적한 한식당에서 이중호를 만났다.

"오래간만이다. 정말 얼굴 보기 힘들다."

이중호는 날 보자마자 악수를 청하며 말했다.

"예, 이래저래 일이 많네요. 잘 지내고 계십니까?"

"나야 바쁘기만 하고 실속이 없다. 넌 정말 대단하더라. 운영하는 회사마다 다들 잘나가니 말이야."

"운이 좋아서 그렇습니다. 시기도 잘 맞았고요."

"하하하! 정말이지 나도 그런 운이 한 번만이라도 맞았으면 좋겠다. 자, 술 한 잔 받아라."

호젓한 방에는 시간에 맞추어 음식과 술이 이미 준비되어 있었다.

"감사합니다. 선배님도 한 잔 받으십시오."

나는 술병을 잡아 이중호에게 따라주었다.

"오늘 마음껏 좀 마셔보자. 너에게 할 이야기도 많고 말이야."

이중호는 술잔을 받자마자 단숨에 마시며 말했다.

'무슨 말을 하려는 거지……'

"예, 시간이 많으니까요.

이중호와 만난 시간은 저녁 7시 30분이었다.

술병의 술이 다 비워질 때쯤 이중호는 일상적인 이야기를 끝내고 마음에 담고 있던 말을 꺼냈다.

"넌 도대체 누구냐?"

"예, 그게 무슨 말입니까?"

"아무리 생각해도 이치에 맞지 않아서 말이야. 어떻게 된 게 지금 그 나이에 그룹을 만들어낼 수가 있냐고? 마냥 운이 좋았다는 것만으로는 설명이 되지 않아서 말이야."

'후후! 나에 대해서 뭘 알아봤나 본데……'

"하하! 운도 따르고 좋은 분들을 만날 수 있어서 해낸 일입니다."

"고작 5년 만에 중견 그룹을 만든다, 이런 일을 해낸 인물을 난 보지도 듣지도 못했다."

날 똑바로 바라보며 말하는 이중호의 눈에는 질투와 부러움이 동시에 들어 있었다.

"외국에는 적잖게 있습니다. 러시아에는 2~3년 만에 큰 기업을 일으킨 인물들이 등장하고 있습니다. 미국도 벤처 기업에서 거대 기업으로 성장하는 사례가 많으니까요."

"물론 그런 사례가 있지만, 너처럼은 아니지. 더구나 대한민국에서 이런 일이 벌어진다는 것이 더욱 믿기지가 않는다."

이중호가 의심을 할 만큼 닉스홀딩스 산하의 기업들은

경쟁사와 비교해도 놀라울 만큼의 성장세를 구가하고 있었다.

그리고 아직 잘 알려지지 않은 닉스코어와 닉스제약도 앞으로 대단한 성장과 이익을 가져다줄 회사였다.

"대한민국도 기회를 만들어내는 곳입니다."

"물론 기회가 없다는 것은 아니지. 기회를 잡는다고 해도 너처럼은 할 수 없다는 말이야. 다시 한번 묻자. 도대체 어떻게 그럴 수 있는 거야?"

이중호는 강태수를 조사하면서 지금의 나이에는 믿을 수 없는 판단력과 통찰력, 그리고 미래를 내다보는 안목이 그 누구보다 남다르다는 것을 느꼈다.

강태수가 선택한 분야는 사실 그룹 차원에서 볼 때 크게 선호하지도 않았고 이익률도 좋지 않은 분야들이었다.

물론 요즘 들어 주목받고 있는 컴퓨터와 무선통신은 다를 수가 있었지만, 경쟁이 너무나 치열한 분야였다.

더구나 국내 대기업들이 너도나도 뛰어들고 대규모로 투자하는 와중에서 블루오션과 비전전자, 그리고 명성전자는 큰 폭의 매출과 이익을 창출하고 있었다.

아니, 시장을 선도하는 그룹에 속해 해마다 높은 성장세를 이어가고 있었다.

더구나 강태수가 운영하는 신발과 라면 사업은 대기업에

서 선호하는 품목도 아니었다.

이익률도 낮고 이미 시장이 확실하게 형성되어 선도해 나가는 기업들이 있었기 때문이다.

하지만 이러한 사업에서도 국내 제일은 물론 세계적인 회사로 발돋움하고 있었다.

대기업의 2세 경영으로 이어지는 지금, 다들 반도체와 전기전자, 자동차, 유통 등 첨단이라는 말이 들어가고 사람들의 눈에 보기 좋은 분야로의 진출이 늘고 있었다.

그러나 강태수는 어떤 분야든지 자신의 맡은 회사를 최고로 만들어가고 있었다.

이런 경영 능력은 25살의 나이에는 도저히 나올 수 없는 일이었다.

"인생을 한 번 더 살았기 때문에 가능한 일이라고 해야 하나요."

나는 술잔을 입으로 가져가며 말했다.

"그게 무슨 말이지?"

"후후! 제가 정말 하지 말아야 할 일을 저지를 뻔했을 때가 있었습니다. 그때는 정말 죽고 싶은 마음뿐이었지요. 하지만 하늘의 뜻인지 절 다시 세상으로 돌려보내 주었습니다. 그때부터 다시 사는 인생이 되어 모든 최고가 되기 위해 노력하고 있습니다. 그리고 아까 말한 것처럼 회사의 성장은 저의 능력이 아니라 훌륭한 직원들 덕분입니다."

나는 이중호에게 어렴풋이 이 세상을 떠날 생각을 했다는 말을 했다.

"노력과 직원들의 노고 덕분이다. 그 두 개로는 내 물음에 정확한 답이 되지 않는 것 같다. 대산그룹이나 대산에너지에도 훌륭한 직원들은 많아, 한데 닉스홀딩스처럼 되지 못하고 있지. 난 모든 게 너의 능력 때문이라고 생각한다. 말도 안 되는 괴물 같은 경영 능력 말이야."

"하하하! 전 괴물이 아닙니다. 한 가지 팁을 알려 드리자면 전 마케팅과 재무에 가장 큰 신경을 쓰고 있습니다. 그리고 언제든지 경기침체기가 온다는 것을 가정하며 기업의 비전과 가치, 그리고 제품과 서비스에 대해 늘 고민하고 있습니다. 재무와 마케팅이 다른 회사에 비해 떨어진다면 차라리 문을 닫는 것이 좋습니다."

기업의 성장을 방해하는 요인들은 매우 많다. 경기침체, 고객의 취향 변화, 새로운 경쟁자의 등장, 브랜드의 식상함 등 수많은 요인이 존재한다.

난 미래를 알고 있지만, 그것만으로 기업을 운영할 수 없는 노릇이다. 난 세계를 돌아다닐 때도 손에서 책을 놓지 않았다.

그리고 배운 것을 실천하기 위해 경쟁기업보다도 먼저

선점하고 투자했다. 그것이 자원이든 기술이든 간에 말이다.

그중에서도 사람에 대한 투자를 제일 먼저 했고 절대 빼놓지 않았다.

또한 자금은 늘 충분한 상태로 유지했고, 제품에 대한 획기적인 마케팅 전략과 전술을 구사했다.

한편으로 회사의 성장 전략은 단순히 시장 점유율이 아닌 고객에 대한 깊은 이해와 신뢰를 바탕으로 하고 있었다.

단순하게 좋은 제품을 만들기만 한다는 논리로 회사를 경영하지 않고 있었다.

이중호는 나의 말에 말없이 빈 잔에 술을 따라주었다.

*　　　*　　　*

이중호에게 말한 것들은 내가 룩오일NY와 닉스홀딩스를 운영하면서 실제로 시행하는 것들이었다.

밑바닥 인생을 살았던 나는 내가 속해 있었던 회사가 나를 어떤 식으로 생각하고 인간적인 대접을 해주는 가에 따라서 회사를 바라보는 관점이 달라졌었다.

나를 일개 소모품으로 생각하는지 아니면 진정 필요한 인재로 받아들이는지 말이다.

"후후! 인간적인 대접이라. 회사에 보탬이 되지 않는 인간까지 대접해 주다가는 회사가 거덜 나지 않을까?"

"회사가 심사숙고 끝에 선택해서 뽑은 사람들입니다. 그들이 부족하다고 여겨지면 그 부분을 회사가 채워주어야지요."

"나하고 생각하는 부분이 많이 다르군. 하지만 그게 회사의 성장을 이끄는 원동력이라면 고려해야겠지."

이중호는 나의 말에 뭔가를 생각하는 모습이었다.

"회사가 우선이 아니라 사람이 중심이 되면 회사는 오너의 공백이 있어도 저절로 돌아갑니다. 그러나 오너 중심의 회사는 오너가 사라지면 잘 돌아가던 일들도 멈춰 버리니까요."

"그건 왜 그러지?"

"누구도 책임지지 않으려 하기 때문입니다. 그런 권한과 책임을 평소에 주지 않기 때문이기도 하지요. 우리나라의 대기업들이나 일반 중견기업들의 경영 형태를 볼 때도 그렇습니다."

"닉스홀딩스는 다르다는 것으로 들리는군."

"다르기 위해 노력하고 있습니다. 충분한 권한과 책임을 직원들에게 부여하고 있으니까요."

"어디서 그런 믿음이 나오지? 믿을 만한 사람은 한정되어 있잖아."

대기업의 회사 운영은 대부분 오너의 측근들에 의해서 경영되고 좌지우지되었다.

그렇게 해야만 그룹 총수에게 막강한 권한을 집중할 수 있기 때문이다.

"직급이 높다고 해서 믿을 수 있다는 것은 어폐가 있습니다. 말단 직원 하나까지도 믿고 신뢰해야 직원들도 오너와 회사를 신뢰하니까요."

"하하하! 예나 지금이나 태수 너는 이상주의자야. 너의 실험이 지금은 성공할지 모르지만 난 너의 생각에 동조할 수 없다. 회사는 자선단체나 서로 돕고 사는 품앗이가 아니야. 네가 말한 것처럼 새로운 경쟁자들과의 경쟁에서 살아남기 위한 전쟁터이지. 경쟁자에게 밀려나는 순간 그 속에 포함된 사람들도 밀려나는 거야. 오너는 회사 구성원들의 생각을 모두 알 필요는 없어. 그럴 만한 시간도 없고."

"총성 없는 전쟁터란 말은 맞습니다. 그 전쟁터에서 살아남고 전쟁에 이기는 방법은 각자가 다르니까요. 저는 제가 생각하는 방법으로 나갈 뿐입니다."

"정말 미스터리야. 어떻게 이런 이상주의가 현실에서 통하는지 말이야. 하지만 시간이 알려줄 거야. 누가 맞고 누가 틀렸는지를. 앞으로도 종종 만나자. 최후의 승자가 누구인지 가리기 위해서도 말이야. 자! 마지막으로 한 잔 하고 일어서자."

"그러도록 하지요. 유익한 시간이었습니다."

이중호가 잔을 들었고 나 또한 잔을 들어 단숨에 술을 목구멍으로 넘겼다.

거대한 강이 서로가 서 있는 자리를 갈라놓는 것처럼 나와 이중호의 견해차는 좁혀질 수 없었다.

서로의 환경과 살아가는 방식, 그리고 경험의 차이 때문인지도 모른다.

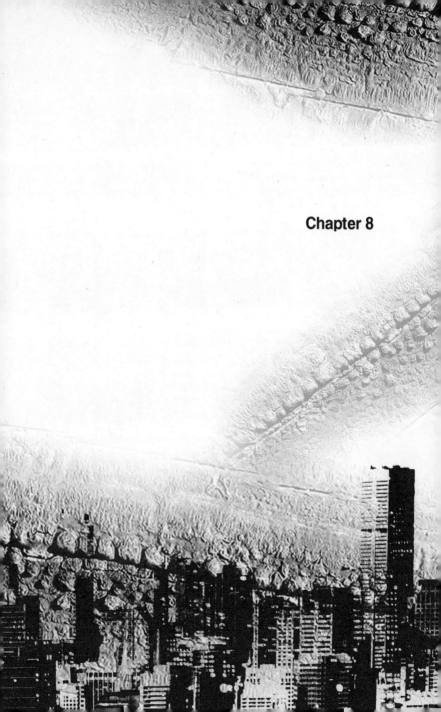

Chapter 8

한라건설의 이태용 사장은 어렵게 소빈뱅크 서울 지점의 그레고리 은행장을 만났다.

"저와 약속하신 거와 다르지 않습니까?"

이태용은 그레고리를 만나자마자 따지듯이 물었다. 두 사람은 영어를 썼다.

"제가 확답을 한 것은 아니지 않습니까? 충분히 고려해 보겠다고 말한 것 같은데요."

그레고리는 확답을 하지 않은 채 대출금의 연장 가능성을 열어놓았었다.

이태용에게 확신을 주게끔 치밀하게 진행된 일이었다.

"그렇다고 해도 저희 쪽에 통보도 없이 어음을 부도 처리하면 어떻게 하십니까?"

"그럼 저도 묻고 싶습니다. 저희에게 아무런 언질도 없이 대출금액이 정해진 날짜에 입금되지 않은 이유가 무엇입니까?"

그레고리의 말에 이태용은 할 말을 잃었다. 자금담당 이사가 자신에게 물었을 때 그레고리와 모든 이야기가 끝났다고 말했다.

한 번만이라도 소빈뱅크에 확인했다면 이런 일이 일어나지는 않았을 것이다. 이태용의 경험상 은행장과의 만남에서 긍정적인 대답은 말한 그대로 일이 진행됨을 의미했다.

그레고리가 말을 바꿀지는 전혀 예상치 못한 것이다.

"좋습니다. 제가 오해한 부분이 있다고 하지요. 322억 원에 대한 대출금 기한을 연장해 주십시오. 갑자기 모든 금액에 대한 상환을 요구하는 것은 너무한 처사입니다."

"저는 한라건설과 계약한 대로 처리한 것입니다. 시중 대출금리보다 저렴하게 대출해 드린 조건이지 않습니까?"

"물론 그렇습니다. 그 점에 대해서는 감사하게 생각하고 있습니다. 하지만 지금 저희 사정이 여의치가 않아서 그렇습니다. 한 번만 저를 도와주십시오."

이태용의 표정에는 다급함이 묻어 나왔다.

"어떻게 말입니까?"

"6개월만 연장해 주십시오."

"그건 저희 은행 내부규정상 가능한 일이 아닙니다."

"이자를 더 드리겠습니다."

"그래도 안 되는 일입니다. 저희도 자금을 사용해야 할 일이 있습니다."

"그럼 4개월만이라도 연장해 주십시오."

이태용 사장의 표정은 안쓰러움이 가득했다. 시간을 벌 수 있다면 충분히 대출금을 갚을 수 있었다.

봄이 되면 분양시장도 기지개를 켜게 될 것이기 때문이다.

"안타깝게도 저희 은행의 내부규정이 이번 연도에 들어와 바뀌었습니다. 그 때문에 제가 할 수 있는 범위가 축소되었습니다."

그레고리가 이야기한 내부규정의 변동은 없었다. 소빈뱅크는 은행장의 권한 아래 충분히 연장할 수 있었다.

"그럼 저희가 어떡하면 됩니까?"

"저희에게 대출금액에 따른 담보를 제공해 주셔야겠습니다."

그레고리의 말에 이태용의 얼굴이 일그러졌다. 소빈뱅크

에게 서초동 땅을 매매하면서 대출을 적은 담보로 빌릴 수 있었다.

대출금리도 낮고 담보도 다른 은행과 달리 대출금의 십 분에 일로 잡았다.

하지만 지금 담보를 요구하는 상황에서 한라건설이 담보로 제공할 만한 것이라고는 논현동과 대치동에 지어놓은 고급 빌라 단지뿐이었다.

문제는 빌라 단지를 제공하면 소빈뱅크에 대출금을 갚지 않은 상황에서는 매매를 할 수 없었다.

"담보 없이는 안 되는 것입니까?"

"이미 저희와 약속했던 날짜가 지나지 않았습니까. 담보 없이는 대출금을 회수할 수밖에 없습니다. 아니시면 논현동 빌라 단지를 저희에게 매매하시지요."

그레고리의 말에 이태용은 눈이 커졌다. 현재 두 가구만 분양된 상황이었다.

자금경색이 심화된 상황에서 분양을 늦출 수 없어 5% 정도 할인해 분양을 준비 중이었다.

소빈뱅크에서 빌라 단지를 매입해 준다면 자금 운용에 숨통이 트일 수 있었다.

"얼마나 매입을 하실 생각이십니까?"

그레고리의 말에 이태용의 목소리가 들떠 있었다.

"가능하면 다 매입하는 것이 좋겠지요."

"모두 매입하시면 저희가 5% 정도 할인해 드릴 수 있습니다."

표정이 달라진 이태용의 목소리가 높아졌다.

"저희는 500억을 드릴 수 있습니다."

"허허! 45%를 할인해 달라는 말이 아닙니까? 그런 말도 안 되는 요구를 하십니까?"

이태용은 그레고리의 제안에 어이가 없었다. 5백억 원이면 한라건설에 돌아가는 이익은 전혀 없었다.

논현동에는 고급 빌라 60채가 지어졌다. 평균 15억 원에 책정된 빌라라 60채면 총 9백억 원의 가격이었다.

"그럼 대출금을 모두 갚으시길 바랍니다."

"지금 저희를 위협하시는 것입니까?"

"위협이 아니라 제의입니다. 그리고 대출금 회수는 계약서에 적혀 있는 당연한 요구입니다. 기간 내에 대출금을 입금하지 않으시면 우린 법적인 조치에 들어갈 것입니다."

"이건 완전히 총만 안 들었지 강도 행위나 마찬가지입니다."

"그럼 저희보다 좋은 금액을 제시한 곳에 매매를 하셔서 대출금을 갚으시면 되지 않습니까. 322억 원의 대출금은 일주일 후에 모두 내셔야 합니다. 그렇지 않으면 그 후에 벌어지는 일은 한라건설의 책임입니다. 저는 약속이 있어서 이만 일어나야겠습니다."

그레고리는 입가에 미소를 지으며 말했다.

"은행장님 이건 저희 보고 죽으라는 소리가 아닙니까?"

"하하하! 한라그룹은 한국에서 열 손가락 안에 들어가는 그룹이 아닙니까? 고작 322억 원에 죽는다는 소리를 하시면 너무 엄살이십니다."

웃으면서 말을 마친 그레고리는 자리에서 일어났다.

이태용 사장은 그런 그레고리를 바라볼 뿐 아무런 말을 할 수가 없었다.

지금껏 한라건설이 하청업체에 늘 해오던 방법대로 소빈뱅크에게 당한 것이다.

*　　　*　　　*

한국에 오자 달라진 것은 가인이와 예인이가 이사를 한 것이다.

송 관장의 집이 완공되었기 때문이다.

지하 1층 지상 2층이었지만 다락방을 만들어 3층으로 보아도 무방했다.

다락방까지 포함해서 방은 다섯 개였다.

원래 있던 정원을 그대로 살렸고, 옥상에도 간이 정원과 함께 가족들이 홈 파티를 즐길 수 있는 공간을 마련했다.

지하실에는 악기연습을 위한 음악연습실과 헬스장비를 갖춘 체력단련실을 마련했다.

아직 국내에 잘 알려지지 않은 북유럽풍의 스타일이 가미된 외관은 주변에 있는 집들과는 확연히 달랐다.

설계부터 건축까지 닉스E&C에서 가장 뛰어난 설계사와 직원들이 참여했다.

공사를 진행하면서 정원에는 새롭게 소나무와 단풍나무를 추가로 더 심었다.

마당의 한편에는 작은 숲을 연상시킬 정도로 나무들이 많아졌다. 아마 봄이 지나고 여름이 되면 멋진 그림이 나올 것이다.

"집이 마음에 드십니까?"

"너무 멋지게 지어놓은 것 같아서 조금은 부담스럽다. 가구하고 가전제품도 모두 새것으로 장만했던데. 너무 무리한 것 아니냐?"

송 관장은 너무나 달라진 집에 놀라고 있었다. 그의 말처럼 공사비가 11억 원이 들었고 집을 꾸미는 비용은 별도로 들어갔다.

"관장님이 절 도와주신 것에 비하면 아무것도 아닙니다.

더 좋게 하려고 했지만, 너무 바뀌면 위화감이 드실 것 같아서요."

"하하하! 지금도 위화감이 들어. 이게 정말 내 집인가 하고 말이야."

송 관장은 기분 좋은 웃음소리를 내며 말했다.

"나도 그래. 너무 집이 좋아서 아직 실감이 나지 않는다니까."

과일을 깎아온 가인이의 말이었다.

어엿한 숙녀의 모습인 가인이는 올해 4학년이었고 내년이면 졸업이었다.

"방은 마음에 들지?"

"말이라고 해. 내가 말했던 것보다도 훨씬 좋게 되었던데."

"전문가들이잖아. 인테리어뿐만 아니라 조명도 신경을 썼다고 하더라고."

송 관장의 집은 부모님과 내가 사는 집보다 더 신경을 써서 지었다.

아직 조명에 대한 인테리어 개념이 잡히지 않을 때이지만 외국에서 활동한 닉스E&C 직원에 의해 방마다 개성 있는 조명시설을 갖추었다.

"하하하! 정말이지 태수 덕분에 벌써부터 호강하면서 사는 것 같다."

접시에서 사과를 집어 든 송 관장이 환하게 웃으며 말했다. 송 관장은 지금껏 열심히 살아왔지만, 열심히 일하는 것만으로는 가족에게 원하는 것을 해주지 못했다.

그걸 늘 마음에 담고 살던 송 관장이었지만 나로 인해서 모든 것이 달라졌다.

룩오일NY는 물론 닉스홀딩스의 고문으로 되어 있는 송 관장은 억대 연봉자였다.

이 시대에 성과급이 아닌 순수하게 월급으로 억대 연봉이라는 것은 정말 눈을 씻고 찾아봐도 찾기 힘들었다.

올해 들어 프로야구와 프로축구에서 이제 막 억대 연봉자가 나오고 있었다.

"앞으로도 호강하면서 사실 것입니다. 호강하지 않으시면 가인이가 절 가만두지 않을 것이니까요."

나의 말에 가인이는 입가에 미소만 보일 뿐 아무런 말을 하지 않았다.

"하하하! 설마 가인이가 그러려고. 말이 나온 김에 두 사람은 언제 결혼할 생각이야? 내가 요즘 손자가 보고 싶다는 생각을 가끔 하거든."

"글쎄요, 가인이가 졸업을 하고 나서 생각하려고 했는데요."

아직은 결혼을 빨리해야겠다는 생각이 없었다.

"나도 그래요. 태수 오빠가 어디 도망가는 것도 아닌데요. 요즘 공부를 더 하고 싶은 마음도 있어서 대학원을 갈까 생각도 하고 있어요."

"뭐, 너희의 생각이 그렇다면 할 수 없지만, 결혼해서도 할 수 있는 일이라면 일찍 하는 것도 나쁘지 않아."

그때 마침 외출을 한 예인이가 들어오고 있었다.

"무슨 재미있는 이야기라도 나눴어요?"

"가인이 보고 빨리 태수에게 시집가라고 했다."

송 관장의 말에 예인이의 눈동자가 미세하게 흔들리는 것이 보였다.

"아빠가 손자를 보고 싶은 거네."

나를 잠시 쳐다보던 예인이는 별일 아니라는 듯이 입을 열었다.

하지만 가늘게 떨리는 눈꼬리는 숨길 수가 없었다.

"그래, 손자도 좋고 손녀도 다 좋다. 한데 가인이가 빨리 하고 싶은 생각이 없는 것 같다."

"아빠는. 우린 아직 젊어요. 하고 싶은 일도 많고요."

가인이는 송 관장의 말이 싫지 않은 듯 말했다.

"난 잠깐 옷 좀 갈아입고 올게요."

말을 마친 예인이는 자기 방이 있는 2층으로 올라갔다.

예인이의 뒷모습을 바라보고 있는 나는 아무런 말을 할 수 없었다.

"후!"

"갑자기 한숨을 쉬고 그래?"

나도 모르게 나온 한숨 소리에 가인이가 물었다.

"어! 그랬어?"

답답함 때문에 나온 한숨이었다.

"태수가 회사 일로 스트레스가 많은가 보다."

"회사 일도 좋지만 쉴 때는 아무 생각 없이 쉬어야 해."

송 관장의 말에 가인이가 걱정하듯 말했다.

"그래야 하는데 그게 잘 안 되네."

"쉽지는 않겠지만, 회사 업무에 너무 짓눌려 있으면 신체의 건강까지 해칠 수 있다. 수련은 계속하고 있지?"

"예, 매일 아침마다 쉬지 않고 하고 있습니다."

"그래, 낙수가 바위를 뚫는 것처럼 꾸준함이 강자의 지름길이다."

송 관장과 가인은 회사 업무에서 오는 스트레스를 걱정하고 있었다.

자신의 방에 들어온 예인은 참았던 눈물을 떨어뜨렸다.

"바보, 다 지워 버렸다고 생각했는데……."

예인은 감정을 조절하지 못하는 자신을 질책했다.

머릿속에서는 감정을 다 지웠다고 생각했지만, 마음속에 뿌리를 내린 사랑은 부인할수록 더 깊이 파고들었다.

영원히 풀 수 없는 마법에 걸린 것처럼.

"다시는 울지 않기로 했는데… 송예인, 정말 못났다."

애써 웃음을 지어보았지만, 거울에 비친 자신의 모습이 오늘따라 더 애처롭게 보일 뿐이었다.

어느 날부터 미소가 슬퍼지고 있었다.

"결혼… 나에게는 꿈이겠지."

거울에 비친 자신의 얼굴 위로 언니인 가인이의 모습이 투영되어 보였다.

실타래처럼 얽힌 마음처럼 서로가 다르면서도 그 끝을 다가가 보면 결국 하나의 끈으로 묶여 있는 쌍둥이라는 것이 오늘은 왠지 싫었다.

외모는 달랐지만 어려서부터 좋아하는 것이 너무 또렷하게 같았던 것들이…….

그때는 그것이 너무나 좋았다.

비밀을 함께 공유하는 것처럼.

하지만 이젠 엉켜 버린 실타래를 풀어버리고 싶어졌다.

"엄마, 오늘은 어땠어요?"

예인은 책상에 놓인 엄마의 사진을 물끄러미 바라보며

물었다.

환하게 웃고 있는 사진 속 엄마는 다시금 예인이에게 다정스러운 목소리로 되묻고 있는 것만 같았다.

'예인이는 어땠는데?'

"난 오늘도 그저 그래. 어제도 별로였고, 아마 내일도 그럴 것 같아… 나 참 바보 같지."

예인은 더는 웃고 있는 엄마를 쳐다볼 수 없었다. 사진 속 엄마의 환한 미소를 닮았었는데, 이젠 그 미소처럼 되지 않았다.

"미안해, 엄마. 자꾸만 빗나가서……."

예인은 평소와 달리 내가 송 관장의 집을 나설 때까지 1층으로 내려오지 않았다.

굳이 그 이유를 묻지 않아도 알 수 있었다.

아직은 쉽게 마음의 정리가 되지 않는 것 같았다.

가인의 말로는 음악을 계속할지 고민하는 중이라고 했다. 작년 대학 가요제 때 예인이 부른 '그대라면'은 아직도 종종 라디오에서 흘러나왔다.

예인을 섭외하려고 노력했던 연예 기획사와 음반 제작사 중 워너뮤직이 아직까지 끈질기게 구애를 하는 중이라고 했다.

워너뮤직은 TV를 비롯한 방송 출연을 고집하지 않고 음반만 제작하는 조건을 제시하고 있었다.

무언가를 잊기 위해서는 자신이 좋아하는 일에 몰입하는 것도 나쁘지 않겠다는 생각이 들었다.

나로 인해서 예인이 가족이 있는 이 나라를 떠나는 것이 싫었다.

그 때문인지 언덕을 내려가는 내내 자꾸만 뒤를 돌아보게 되었다.

*   *   *

닉스에서 주도한 마이클 조던의 방한은 큰 이슈였다. NBA 복귀를 공식적으로 선언한 후였기 때문에 한국의 언론은 물론 일본과 대만을 비롯한 아시아 국가들에서 큰 관심을 드러냈다.

이례적으로 중국의 신화통신에서도 마이클 조던의 한국 방문을 크게 다루었다.

마이클 조던의 방문은 닉스와의 계약을 다시 진행하고 싶은 조던의 의사에 의해서 이루어진 결과였다.

또한 올해부터 농구대잔치를 후원하게 된 닉스의 홍보 전략과도 맞아떨어졌다.

야구 선수로 외도하던 중에도 닉스는 마이클 조던을 성심을 다해 도왔다.

마이클 조던은 한국에 2박 3일을 머물다가 일본으로 건너갈 예정이었다. 그곳에서도 닉스 홍보와 관련된 일을 할 계획이다.

닉스는 이제 한국에만 머무는 브랜드가 아니었다.

마이클 조던의 방문으로 한국과 일본은 물론 대만에서도 닉스 신발에 대한 관심이 부쩍 늘었다.

캐나다가 포함된 북미 시장에서도 닉스 신발의 점유율이 작년보다 10% 이상 신장하였다.

처음 미국에 진출했을 때와는 다르게 이제는 리복 다음으로 닉스가 고객 선호도에서 2위를 기록하고 있었다.

닉스 다음으로는 근소한 차이로 나이키와 아디다스가 그 뒤를 따르고 있었다.

마이클 조던의 NBA 복귀는 조던 시리즈의 매출에도 큰 영향을 끼쳤다.

조던의 복귀에 맞추어 발매한 에어조던 VII는 북미를 비롯한 한국과 일본에서 모두 품절되는 사태를 맞이했다.

닉스에서는 마이클 조던의 은퇴 때문에 에어조던 시리즈를 1년간 출시하지 않았었다.

"이거 정말 장난이 아니야."

한광민 대표는 흥분을 감추지 못했다. 30만 켤레가 단 이틀 만에 각 나라에서 모두 팔려 나간 것이다.

또한 조던의 복귀 기념으로 에어조던 I~VI를 5만 켤레씩 총 30만 켤레가 특별판으로 생산됐다.

특별판에 맞추어 새로운 신발 박스와 신발 끈 등 부자재가 포함된 특별판은 기존 제품보다 25% 이상 비싸게 내어 놓았지만, 순식간에 판매가 이루어졌다.

"앞으로 더 많은 신발이 판매될 것입니다. 판매 영역도 더욱 확대될 것이니까요."

닉스는 유럽과 남미로의 진출이 더욱 활발해지고 있었다. 해당 국가의 주요 백화점마다 닉스가 입점했다.

문제는 생산량이 판매량을 따라주지 못해 판매점을 생각만큼 늘리지 못하고 있다는 것이다.

"정말 기분 좋은 일인데, 걱정도 태산이야. 신의주에서 빨리 생산이 이루어져야 하는데 말이야."

현재 닉스는 부산에 3개의 공장을 운영하고 있었고, 신의주 특별행정구에 공장을 신설했다.

맨 마지막에 인수한 3공장과 신의주에는 신발 생산량이 늘어나는 것에 맞추어 최신식 시설을 갖췄다.

하지만 아직 신의주 특별행정구에서의 신발 생산은 이루어지지 않고 있었다.

4~5개월간은 시험 생산과 교육을 진행하기 위해서였다. 신의주의 생산 인력은 한국처럼 숙련된 인력이 아니었기 때문이다.

신의주 닉스 공장이 본궤도에 올라서면 생산은 문제 될 것이 없었다.

현재는 주문량을 맞추기 위해 야간작업까지 하면서 2교대로 부산 공장을 돌리고 있었다.

하지만 미국과 일본에서의 판매량이 해마다 늘면서 생산량이 주문량을 따라가지 못하는 달이 늘어만 갔다.

더구나 닉스 산하에 두고 있는 명품 브랜드인 겐조와 알렉산드 맥퀸, 크리스토퍼 베일리가 이끄는 스톰 등은 닉스와 컬래버레이션을 하고 있었다.

적은 수량의 신발이었지만 제작하는 데 있어 수작업이 많이 들어가는 제품들이라 부산 공장은 한가할 틈이 없었다.

컬래버레이션의 신발들은 상당한 고가였지만 시즌별로 없어서 못 팔 지경이었다.

"서두르다 보면 오히려 제품의 질이 떨어질 수 있습니다. 현지 직원 중에서도 신발 제작을 해본 직원들이 있지만, 닉스 제품과는 확연히 다르니까요."

"하긴 까다로운 공정 때문에 닉스의 명성이 이어지는 것이니까. 그래도 현지 북한 직원들이 빨리 따라오는 것 같아."

"우리 민족의 손재주가 뛰어난 건 유명하잖아요. 신의주 공장이 본격적으로 가동되면 닉스의 매출은 2배로 늘어갈 것입니다."

현재 닉스의 매출은 해마다 40~50% 신장하고 있었다.

"정말이지 꿈같은 이야기야. 작은 공장에서 출발한 닉스가 어느새 세계적인 브랜드로 거듭났으니 말이야."

한광민 대표는 감회가 새로운 것 같았다.

국내 제일의 신발 회사로 성장한 지 2년 만에 이제는 세계에서 가장 큰 신발 시장인 북미에서 1위를 향해 달려가고 있었다.

닉스 디자인센터도 한국과 미국에 설립되어 활발하게 새로운 신발들을 디자인하고 있었다.

기술 연구소의 인력도 70명으로 늘어나 신발 소재와 부자재 개발에 열정을 쏟고 있었다.

국내 신발 업체에서 시도하지 못하는 연구와 개발을 닉스가 할 수 있는 이유는 그만큼의 자금 지원이 뒷받침되고 있었기 때문이다.

"다른 국내외 브랜드들이 안일하게 닉스를 대했기 때문이기도 합니다."

"그래, 맞아. 닉스를 경쟁 상대로도 보지 않았으니까."

"제품의 가격 면으로만 승부를 보려고 했던 것이 오히려 우리에게는 기회였으니까요."

처음 닉스의 등장을 대수롭지 않게 여겼던 국내외 브랜드들은 제품의 디자인과 품질로의 승부보다는 할인 판매를 통해서 닉스를 견제했다.

하지만 기존의 신발 업체와는 전혀 다른 디자인과 품질, 그리고 마케팅 전략으로 견제와 방해를 모두 이겨낼 수 있었다.

"맞아. 지나고 보니 하루하루가 고비였다니까."

한광민 대표의 말처럼 모든 것이 순조롭지는 않았다. 어려운 점은 자금 부족과 닉스의 인지도였다.

그리고 디자인실의 직원들을 빼내갔던 한라그룹 산하의 한라상사로 인해 가장 큰 위기를 겪었다.

한라상사는 나이키와 수수료 지급 문제로 난항을 겪다가 결국 계약을 연장하지 못했다. 한라상사는 현재 아디다스와 새로운 계약을 체결했다.

하지만 이전과 같은 매출을 올리지 못하고 있었다.

"앞으로 닉스는 다른 브랜드들이 저질렀던 실수를 반복하면 안 됩니다."

하나의 브랜드가 시장에서 자리를 잡기는 무척이나 힘든

일이다. 하지만 국내 신발 브랜드는 물론 외국계 유명 브랜드도 국내에 자리를 잡으면 제품 개발과 신제품 출시를 등한시했다.

유명 브랜드들은 외국에서 이미 출시된 신제품을 곧바로 국내에 들여오지 않았다.

국내에 출시된 제품이 어느 정도 재고 소진과 판매가 이루어져야지만 신제품을 들여오는 판매 정책을 펼친 것이다.

"물론이지. 절대 그들의 전철을 밟으면 안 되지. 닉스의 신조가 혁신과 창조잖아."

"예, 맞습니다. 끊임없이 변화하지 못하면 어느 순간 대중들에게서 잊혀지는 브랜드가 될 것입니다. 미국에는 그러한 브랜드들이 하나둘이 아니니까요."

"국내도 마찬가지야. 노력과 투자를 하지 않고서 그냥 날로 먹으려고 남의 것을 베끼기만 한다니까."

"닉스가 시장의 논리를 바꾸어놨으니까 국내 브랜드도 달라지겠지요."

"제발 그랬으면 해. 남의 것만 백날 만들어줘 봐야 소용없는데도 다들 눈앞의 이익에만 급급해하니까 문제야. 하긴 강 회장처럼 미래를 내다볼 안목이 없어서겠지만."

"하하! 저도 다는 모릅니다. 닉스의 구매층에 대한 분석은 계속하고 있으시지요?"

닉스는 현재 닉스 신발과 옷을 구매하고 있는 나이집단, 소득집단, 라이프스타일 집단을 세분화하여 판매 분석을 진행하고 있었다.

이를 통해서 고객 집단에 맞게 신제품 개발과 가격, 홍보 전략을 조정해 나갈 예정이다.

"마케팅 부서에서 진행하고 있어. 한데 꼭 이런 것까지 진행해야 하는 거야?"

"경기가 좋을 때는 제품이 좋으면 어떻게 하든지 팔려 나갈 수 있습니다. 하지만 경기 침체기가 오면 모든 것이 달라질 수 있습니다. 이러한 세분화된 조사를 바탕으로 해서 불황기에도 성장할 방법을 모색할 수 있는 것입니다. 그리고 고객 센터는 어떻게 되어가고 있습니까?"

"직원들의 교육이 끝나가고 있어. 이번 달 말이면 오픈할 수 있을 거야."

"잘됐네요. 닉스의 충성 고객들을 절대 놓치면 안 됩니다. 그들이 있기에 닉스가 있으니까요."

닉스는 고객에 대한 보다 나은 서비스를 위해서 소비자 센터를 오픈할 예정이었다.

현재 닉스 제품에 대한 문의 응대는 주로 본사 홍보팀과 판매장에서 이루어졌다. 하지만 제품에 대한 문의량이 폭주하자 판매장에서 일일이 응대하기가 힘들어졌다.

아직까지 닉스와 같이 고객을 위한 전문적인 소비자 센터를 운영하려는 기업이 없었다.

닉스는 뭐든지 경쟁사보다 한발 앞서가고 있었다. 새로운 변화와 혁신을 두려워하지 않는 닉스의 정신이 세계적인 패션 그룹으로 나아가게 할 것이다.

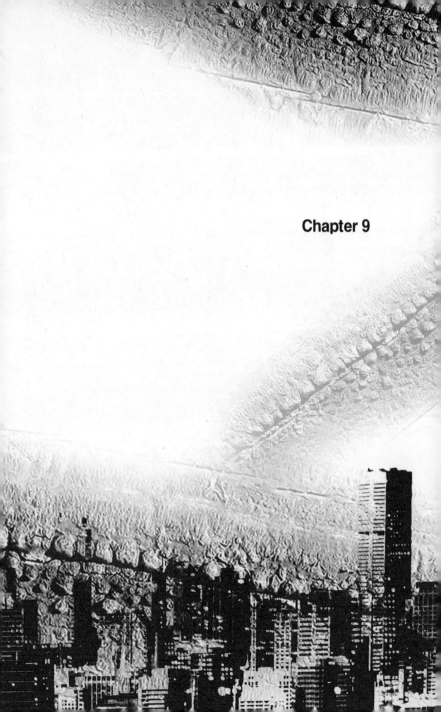

Chapter 9

　한라건설은 결국 소빈뱅크의 제안을 받아들일 수밖에 없
었다.

　322억 원의 자금을 일주일 만에 마련할 방법이 없었다.
한라건설이 보유하고 있는 부동산 대부분이 주거래은행인
한일은행에 담보로 들어가 있었기 때문이다.

　정태술 회장은 불같이 화를 쏟아냈지만, 한라그룹 차원
에서도 더는 지원을 해줄 여력이 없었다.

　일주일이라는 촉박한 시간 안에 대출금을 만들기 위해서
는 다시금 대출하는 수밖에 없었지만, 한라건설의 위기감이 시장에 알려지는 순간 모든 대출이 막혀 버렸다.

더구나 직원들의 월급이 지급되지 않았다는 소식이 알려지자 한라건설의 주가는 더욱 폭락했다.

해결 방안을 만들지 못한 한라건설은 결국 백기를 들 수밖에 없었다.

대신 소빈뱅크가 제의한 인수 금액 5백억 원이 아닌 15억 원이 증액된 515억 원에 최종 계약을 체결했다.

515억 원이라고 해도 한라건설이 가져간 이익은 거의 없었다.

안타깝게도 시간은 한라건설의 편이 아니었다.

한라건설에서 사들인 58채의 빌라 중 25채는 한국에 들어와 있는 외국인 직원들과 닉스홀딩스의 주요 인물들의 숙소로 사용하기로 했다.

나머지는 천천히 시세에 따라 분양하기로 했다.

교통과 환경 등 입지 조건이 좋은 단지였기 때문에 봄이 지나면 제값을 받고 분양을 할 수 있는 곳이었다.

"후후! 한라건설이 남 좋은 일만 시켜준 꼴이군요."

"예, 515억 원을 받아갔지만, 시장의 신뢰를 완전히 잃어버렸습니다. 앞으로도 힘든 행보를 펼칠 것입니다."

김동진 비서실장은 진행 상황을 보고했다. 그에게도 사들인 빌라 중 한 채를 사택으로 내주었다.

최고급 수입 자재로 지어놓은 빌라는 4개의 방과 2개의 화장실, 1개의 욕실, 그리고 넓은 드레스룸과 다용도실을 갖추었다.

"앞으로도 계속해서 식물인간처럼 간신히 숨만 쉬고 있게만 해야 합니다. 결정적인 카운터펀치는 1년 후에 날려야 하니까요."

"예, 계속 주시하겠습니다. 그리고 집은 정말 고맙습니다."

김동진 비서실장은 내게 고개를 깊숙이 숙인 후 밖으로 나갔다.

김동진 비서실장이 나가고 10분 후 소빈뱅크 서울 지점의 그레고리가 들어왔다.

미국과 일본에서 진행되고 있는 동경 작전의 진행 상황을 보고하기 위해서였다.

미국에서 작년에 시작된 고금리정책은 멕시코의 금융공황을 일으켰다. 다급해진 멕시코 통화 당국은 작년 12월 20일 변동환율제를 도입했다.

미국의 고금리정책으로 인해서 본국으로 대거 환류하기 시작한 미국계 투자 자본을 붙잡아두기 위해서였다.

변동환율제는 환율의 기준을 고정하지 않고 외환시장에

서 외환의 수요와 공급의 관계에 따라 자유롭게 환율이 결정되는 외환제도를 말한다.

그러나 변동환율제는 환율의 실세(한 나라의 통화와 타국의 통화의 교환 비율)를 반영하여 융통성 있게 변동할 수 있는 장점이 있으나 환투기의 가능성이 있을 때는 환율의 안정을 잃게 되는 단점이 있다.

멕시코가 선택한 변동환율제는 불에 기름을 붓는 정반대의 결과를 초래했다.

멕시코의 페소화는 곤두박질쳤고, 곧바로 국가 부도 위기에 내몰렸다.

이러한 멕시코의 경제 붕괴를 방관할 수 없었던 미국은 고금리정책을 계속해서 추진할 수 없었다.

또한 1995년 1월 17일 일본 고베에서 5천400여 명이 사망하는 제2의 관동 대지진이 발생했다. 이 때문에 재해 복구를 위해 전 세계에 풀렸던 저팬머니가 일본으로 역류하기 시작한 것이다.

미국과 멕시코에 이어 일본까지, 여러 돌출 상황들은 국제환율의 판도를 통째로 뒤바꾸어 놓았다.

미국이 고금리정책을 취할 수 없다는 것은, 달리 말해 달러화 약세를 방어할 수 없음을 의미한다.

저팬머니의 일본 환류도 마찬가지 의미다. 실제로 올 초

상승하던 달러화는 폭락하고 상대적으로 엔화와 마르크화는 폭등하기 시작했다.

이미 소빈뱅크에서 예측한 결과였기 때문에 이로 인해 발생한 이익도 상당했다.

"미국이 2월 1일 한차례 더 금리를 0.5% 포인트를 올리는 기점으로 달러를 내다 팔았습니다. 매매한 자금으로는 계속해서 엔화를 매입하고 있습니다."

그레고리의 말처럼 소빈뱅크의 미국과 일본, 그리고 영국의 외환시장에서 달러를 판 금액을 가지고 엔화를 집중적으로 매입했다.

"소로스는?"

"소로스도 달러를 팔고 엔화를 매입하고 있습니다."

소로스는 작년 후반기부터 달러 강세를 예상하고 달러화를 매입했다.

하지만 멕시코와 일본의 돌발 변수가 달러화 강세를 이끌어내지 못했다.

그러자 소로스 일파는 매입하던 달러화 매각에 따른 단기 손실을 무릅쓰고 달러화를 대량으로 되팔고, 그 대신 엔화를 무더기로 사들임으로써 달러화 폭락을 부채질했다.

사재기한 달러로 입은 손실을 소로스가 판매한 파생 상품 '녹아웃'을 통해 보전하겠다는 계산이었다.

소빙뱅크 또한 녹아웃 옵션을 후지쓰, 파이오니아, 미쓰비시 등과 같은 일본 기업과 금융기관에 판매했다.

판매 금액은 소로스보다 컸다.

소빙뱅크와 소로스가 엔화를 매입하자 일본 중앙은행인 일본은행이 적극적으로 개입했음에도 불구하고 엔화는 지속해서 오르고 있었다.

"우리의 등장을 반기고 있겠군."

소로스를 돕기 위해서가 아니었다. 소빙뱅크는 이번 동경 공략을 통해서 상당한 자금을 마련하려는 계획을 세우고 있었다.

2년 후 한국과 러시아에 들이닥칠 외환 위기를 대비한 자금 확보였다.

"예, 공동 조를 취하자며 뉴욕 지점의 존 스콜로프에게 연락을 취했다고 합니다."

"확실한 우군이 필요하겠지. 90엔을 돌파하려면 언제쯤이 될 것 같나?"

소빙뱅크는 90엔을 넘어서야만 녹아웃 옵션을 행사할 수 있었다. 일본 기업과 은행들은 엔고가 아무리 급격히 진행돼도 94엔 선을 돌파하지 못할 것이라고 예상했기 때문에 녹아웃 옵션을 사들였다.

"지금 추세대로라면 3월 첫 주에 90엔 돌파는 기정사실이 될 것 같습니다. 저희 말고도 냄새를 맡은 헤지펀드들도 엔화를 매입하고 있습니다."

국제 환투기 세력은 하이에나였다. 작은 허점이 발견되는 순간 살점 하나부터 뼈마디까지 모두 씹어 먹는다.

일본 중앙은행이 소빈뱅크와 소로스에 밀리는 모습을 보이자마자 참여한 것이다.

더구나 일본 기업과 은행에 판매한 녹아웃 옵션은 거래소를 통하지 않고 직접 장외에서 1 대 1로 판매한 것이기 때문에 일본은행은 제대로 파악을 하지 못하고 있었다.

"이번 기회에 일본으로부터 최대한의 이익을 만들어내야 해. 그 점을 확실히 마트베이에게 전달하게. 일본을 굳이 봐줄 필요가 없다고 말이야."

소빈뱅크 국제금융센터를 맡고 있는 소로킨 마트베이가 동경 공략을 총지휘하고 있었다.

그의 지휘 아래 미국과 영국, 그리고 일본의 외환시장에서 엔화를 매입하고 있었다.

미국의 달러 강세와 멕시코의 페소화 하락을 통해서 이미 14억 달러 이상을 벌어들였다.

벌어들인 돈은 물론이고 가용 가능한 모든 자금은 다시금 동경 공략에 투입되고 있었다.

"예, 회장님의 뜻을 전하겠습니다."

그레고리는 인사를 하고는 회장실을 나갔다.

일본 중앙은행은 아직 본격적으로 움직이지는 않았다. 아직은 기업들의 상황을 파악하지 못하고 있었기 때문이다.

일본 정부도 고베 대지진에 온통 신경을 쓰고 있는 상황이었다.

일본은행은 기업들의 녹아웃 옵션 계약을 알게 되는 순간부터 가파른 엔고를 막기 위해 손해를 보는 줄 뻔히 알면서도 3월 한 달 동안에만 140억 달러어치의 달러화를 사들였다. 이로 인해 20억 달러 이상의 환차손을 보았다.

그 환차손은 고스란히 소로스 일파에게 돌아갔다.

하지만 그 일은 소로스가 혼자서 진행했을 때의 일일 뿐이었다. 역사와 다르게 소빈뱅크가 참여한 지금, 일본은행은 140억 달러가 아닌 200억 달러 이상을 쏟아부어야만 할 것이다.

"미래를 대비하기 위해서라도 일본과 소로스의 덕을 봐야겠지."

나 혼자서는 국제적인 환투기 세력을 감당할 수 없었다. 그들을 이용해 IMF를 대비할 수 있는 자금을 마련하는 것이 제일 나은 방법이었다.

한국과 러시아에서 발생하는 IMF는 일개의 개인으로는

막을 수 없는 일이었다.

국내 기업 관계자와 일부 정치인에게 외환 위기와 관련된 정보를 흘렸지만, 그들은 전혀 믿으려고 하지 않았다.

아니, 그런 개념조차 갖추지 못했다.

지금 당장 눈앞에 열린 탐스러운 열매만을 따 먹으려고만 했지, 장기적인 계획을 세우고 움직이는 기업과 정부 관계자들은 드물었다.

세계화를 내세우고 있는 정부는 그로 인해 겪게 되는 크나큰 고통의 서막을 알지 못했다.

1994년 말 김영삼 정부는 1995년을 세계화의 원년으로 선포했다.

세계화는 경제적 측면에서 볼 때 금융 자유화를 통해 민간 주도 경제로 전환하고, 재벌의 투자와 세계화 경쟁을 지원하는 것을 의미했다.

정부의 세계화 정책은 금리자유화, 은행 경영 자율화, 외환 자유화, 자본시장 개방, 외국인 투자 자유화, 정책 금융 폐지 등을 포함하고 있었다.

이러한 상황에서 특기할 점은 정부는 사실상의 고정환율제를 운용했다.

한국 정부는 막대한 경상수지 적자에도 불구하고 환율의 등락폭을 2.25%로 제한하고, 외환시장 개입을 통해 원화

가치와 급격한 하락을 막아 사실상의 고정환율제를 운용했다.

이러한 당국의 환율 관리에는 경제 안정뿐만 아니라 국민소득 1만 달러 유지라는 정치적 동기가 작용했다.

또한 정부는 1993년부터 1995년 사이에 단기외자도입을 자유화했다. 반면에 외국인의 직접투자를 포함한 장기외자도입은 계속 규제했다.

그리고 1994~1995년 사이에 24개의 투자금융회사(투금사)를 종합금융회사(종금사)로 전환하여 종금사가 31개로 급증했다. 이것은 투금사들의 대정부 로비의 결과였고, 정부는 종금사에 대해서 여신 건전성 분류 기준과 같은 건전성 감독 기준을 아예 적용하지 않았다.

이 같은 방식의 금융 자유화는 경제를 모순되고 관리되지 않은 개방 상태로 이끌어 한국 경제를 자본 이탈에 매우 취약하게 만들었다.

금융 자유화는 순서가 중요하다.

금융 감독과 법적인 하부구조 개선 없이 금융 자유화가 진행되었고, 장기외자도입보다는 은행 대출과 같이 급속히 이탈할 수 있는 단기외자도입이 먼저 자유화된 것이 문제였다.

그 결과 늘어나는 경상수지 적자 속에서도 환율을 유지

하기 위한 외자유입이 장려되었고, 이러한 해외차입 때문에 재벌의 막대한 투자 수요와 종금사의 투기 수요가 뒷받침되어 외채의 규모와 구조 모두가 악화되었다.

한마디로 외부 충격에 대한 대비 없이 자유화가 진행된 것이다.

*　　　*　　　*

2월 말부터 시작된 일본 엔화의 고공 행진은 3월에 들어서자 정점에 올라섰다.

1995년 1월 국제 외환 시세는 몇 달째 달러당 95엔~100엔 사이를 왔다 갔다 하고 있었다.

외환 전문가들 대부분은 달러화 강세로 기본적으로 엔화가 달러당 100엔대 선으로 오를 것으로 보았다.

만약 떨어지는 사태가 생기더라도 달러당 95엔 선 전후에서 멈추지 더 이상 폭락하는 일은 없을 것으로 판단했다.

하지만 예상치 못한 돌발 변수들로 인해서 엔화는 가파르게 상승했고, 일본 중앙은행의 개입에도 불구하고 95엔을 돌파하여 90엔까지 달려가고 있었다.

일본 정부는 뒤늦게 조지 소로스와 러시아계 은행인 소빈뱅크을 통해서 일본 기업과 은행들이 체결한 녹아웃 옵선 계약을 알게 되었다.

녹아웃 옵션은 환율이 아래위로 일정한 범위 안에 있을 때 시장가보다 높은 지정 환율(행사가)로 외화를 팔 수 있는 통화 옵션이며, 키고(Knock—In, Knock—Out)의 원조가 되는 상품이다.

환율이 지정한 범위 하단을 내려가더라도 계약이 무효가 돼 기업은 손실을 입지 않는다. 그러나 환율이 급등해 지정 환율 상단를 넘어가면 계약 금액의 2~3배를 시장가보다 낮은 지정 환율로 팔아야 하기 때문에 기업이 큰 손실을 보게 된다.

다시 말하면 녹아웃 옵션은 환율 변동에 대비하기 위해 기업이 가입하는 파생 금융 상품의 일종이다. 미리 정한 환율에 따라 일정 범위 내에서 움직이면 시장 가격보다 높은 환율로 외화를 팔 수 있지만, 범위를 넘어서면 계약금의 몇 배를 시장 가격보다 낮게 팔도록 설계된 상품이다.

일본은행은 사태를 파악하자 예상대로 외환시장에 적극적으로 개입했다.

자국 기업들의 피해를 막기 위해 도쿄 외환시장에서 달러를 적극적으로 매입하기 시작했지만, 소빈뱅크와 조지 소로스는 달러를 팔고 엔화를 대량으로 사들였다.

그러자 일본은행의 적극적인 개입에도 불구하고 엔화는

하루에 달러당 2, 3엔씩 폭등했다.

"3억 달러를 더 팔아!"

전쟁터가 따로 없었다. 소빈뱅크 국제금융센터 여기저기서 고함이 터져 나왔다.

소빈뱅크는 조지 소로스가 판매한 녹아웃 옵션보다도 판매한 녹아웃 옵션이 더 많았다.

소로스보다도 조건을 더 좋게 해준 덕분에 판매량이 많을 수밖에 없었다. 그러나 엔화가 달러당 90엔까지 떨어지는 순간 소빈뱅크가 얻는 이익은 엄청났다.

그만큼 일본기업과 금융기관이 받는 환차손 피해가 어마어마했다.

일본은행과의 피를 말리는 싸움이 정점으로 치닫고 있었다.

*   *   *

다케무라 마사요시 일본 대장성 장관은 아침부터 표정이 일그러져 있었다.

대장성은 일본의 경제를 주무르는 곳으로 예산, 세제, 금융 등 경제정책 권한을 장악하며 막강한 권력을 행사했다.

마사요시 대장성은 고무라 마사히코 내각부 산하 경제기

획청 장관과의 회동에서도 엔고에 대한 뚜렷한 해결 방안을 마련하지 못했다.

하루가 다르게 치솟고 있는 엔고의 영향으로 연일 주가가 폭락하기 시작했다.

엔고의 영향으로 올해 예상한 경제성장률도 떨어질 것이라는 예측이 나오고 있었다.

"마쓰시다는 뭘 꾸물거리고 있는 거야? 이러다가 다 죽은 뒤에야 손을 쓰려는 거야."

불만을 토로하는 마사요시는 일본 중앙은행인 일본은행이 더욱 적극적으로 대응하기를 원했다.

마쓰시다는 일본은행 총재였다. 마사요시와 마쓰시다는 도쿄대 경제학부 출신으로 마사요시가 2년 선배였다.

"외환시장에서 오늘까지 58억 달러를 매입했습니다만 엔화의 가격은 오히려 내려가고 있습니다."

일본은행에서 전달받은 상황을 비서관이 전했다.

"달러를 더 사라고 해. 소로스가 이 정도로 끝낼 것 같아?"

"문제는 조지 소로스와 함께 러시아계 소빈뱅크에서도 달러를 대량으로 매도하고 엔화를 대거 사들이고 있습니다."

조지 소로스와 소빈뱅크는 일본은행이 엔화를 팔고 달러

를 사들일 때 주거니 받거니 하듯이 엔화를 대량으로 매입했다.

"러시아 놈들은 왜 날뛰는 거야? 자기네 나라도 제대로 간수하지 못하면서."

비서관의 말에 마사요시 대장성의 표정이 더욱 일그러졌다.

"그리고 현재 파악하고 있는 녹아웃 옵션 계약 중 상당수가 소빈뱅크와 계약된 것 같습니다. 정확하게 파악되지는 않았지만, 소로스와 계약된 것보다 많은 계약이 체결된 것 같습니다. 90엔 이하로 떨어지면 계약을 체결한 기업들이 막대한 환차손을 입게 될 것입니다."

"바보 놈들! 마쓰시다도 이 사실을 알고 있을 것 아냐?"

마사요시는 사무실이 떠나갈 듯이 큰 소리로 말했다. 녹아웃 옵션으로 인해서 수출 기업들은 비명을 지르고 있었다.

한 해 번 돈을 모두 날리는 것이 문제가 아니라 회사의 존립까지 위협받고 있었다.

"예, 90엔을 마지노선으로 잡고 방어하겠다고 전해왔습니다. 지금은 시장에 모든 패를 보여줄 필요가 없다고 했습니다."

현재 일본은행은 100억 달러를 외환시장에 쏟아부을 태

세웠다. 만약을 위해서 50억 달러를 추가로 준비 중이었
다.

환율 전쟁은 둘 중 하나 백기를 들 때까지 진행한다. 그
리고 쓰러진 패자는 막대한 손실을 보지만 승자는 천문학
적 규모의 이익을 가져간다.

"후! 지금은 마쓰시다를 믿을 수밖에 없다는 건데."

마사요시 대장성은 자신도 모르게 한숨을 내쉬었다.

급격하게 엔화가 상승하자 가격 경쟁력이 떨어진 도요타
를 비롯한 자동차 기업과 전기 · 전자 업체 등 일본 제조업
의 실적이 일제히 떨어지기 시작했다.

이러한 엔고의 여파는 경쟁 관계에 있는 한국의 수출 기
업들에는 호재로 작용했다.

*   *   *

신의주 특별행정구에 새롭게 건설된 닉스 4공장의 준공
식이 펼쳐졌다.

2년간의 공사를 끝내고 내부 생산 시설의 설치와 시험 가
동까지 완벽하게 끝낸 상태였다.

준공식에는 북한의 대외협력사업부 인물들과 신의주시
관계자들, 그리고 김달현 경제부총리가 참석했다.

"하하하! 닉스가 미국에서도 잘 팔리고 있다고 들었습니다."

김달현 경제부총리는 호쾌하게 웃으며 말했다. 북한 경제정책의 총책임자인 그는 신의주 특별행정구의 성공에 힘입어 위상이 크게 올라갔다.

당 서열에서도 20위 안으로 들어섰다.

"예, 아마 올해 말쯤 되면 북미 시장 점유율에서도 1위로 올라서지 않을까 예상하고 있습니다. 그러기 위해서는 신의주 닉스 공장이 큰 역할을 해주어야만 합니다."

"하하하! 대단하십니다. 세계에서 내로라하는 신발 업체들이 모두 미국에 진출해 있는데, 거기에서 1위라니요. 정말이지 대단합니다."

김달현은 미국 시장에 대해 잘 알고 있었다. 세계 최대의 소비 시장인 미국에서 1등을 한다는 것은 곧 세계 1위 업체라는 말과 같다는 것을.

"아닙니다, 아직 1위를 한 것도 아니니까요. 1위로 올라서도 꾸준히 1위를 해야만 진정한 1등 업체가 되는 것입니다."

"물론 그렇지요. 하지만 아무나 그렇게 할 수 있는 것이 아니지 않습니까? 강 회장님께서 추진하는 일들을 하나둘 보다 보면 제 무릎을 칠 때가 한두 번이 아닙니다."

김달현은 신의주 특별행정구를 성공적인 궤도에 올려놓은 나를 존경했다.

아무것도 없었던 벌판에 공장들과 건물들이 들어서고, 이로 인해 발생하는 북한 인력의 고용과 그에 따른 경제 활성화로 확연히 달라진 신의주의 모습이 천지개벽처럼 느껴진 것이다.

신의주 경제권으로 불리는 이곳에서 얻어지는 경제적인 이득은 시간이 갈수록 늘어나고 있었다.

그 파급력은 예상했던 것보다도 2~3배 이상이었고, 평안북도의 경제를 이끌고 있었다.

"좋게 봐주셔서 고맙습니다. 다른 공장들과 건물들이 완공되면 신의주 경제권은 중국 북부 지역까지 아우르는 단일경제권으로 성장할 것입니다."

중국인을 겨냥한 대형쇼핑센터도 올해 9월이면 완공될 예정이다. 올해 초 신의주 특별행정구에서 생산되는 물품에 대한 대중국 수출관세가 철폐되었기 때문에 중국 제품과의 가격 경쟁에서도 밀리지 않았다.

더구나 중국은 상해를 비롯한 연안 쪽에 투자가 집중되었고 아직은 동북아 쪽의 투자가 활발하지 않았다.

농산물과 지하자원 위주로만 중국에 수출하던 것에서 이제는 완제품 위주의 상품이 중국으로 들어갈 것이다.

중국은 오로지 신의주 특별행정구에서 만들어진 제품에 대해서만 관세를 부여하지 않기로 했다. 새롭게 조성되는 개성공단은 여기에 해당하지 않았다.

그러자 신의주 특별행정구에 공장을 둔 회사와 그렇지 못한 회사들의 명암이 엇갈렸다.

"껄껄껄! 중국에 한 방 먹여야지요. 북남이 힘을 합하면 얼마나 큰 힘을 낼 수 있는지를 말입니다."

"맞습니다. 남북한이 하나가 되어서 중국 시장을 잡아먹어야지요. 아쉬운 점은 다른 경제특구에서 생산된 상품들도 관세가 철폐되면 좋았을 텐데 말입니다."

정말 아쉬웠다.

협상 과정에서 중국 측이 요구한 미군의 철수가 원하는 만큼 이루어지지 않은 결과였다.

현재 남한에 주둔 중인 미군 중 1개 연대와 2개 비행대가 일본으로 철수했다.

남북한의 화해 분위기가 조성되고 북미관의 외교관계 협상도 원활하게 이루어지고 있었지만, 미국은 한반도의 영향력을 축소하길 원치 않았다.

"미국이 조금만 더 협조해 주었으면 좋았을 텐데, 그게 쉽지 않았네요."

"우리의 상황보다는 자국의 이익을 우선시하니까요. 어

쩌면 미국의 행동은 당연하다고 봐야겠습니다."

"하긴 지금까지 미국이 손해 보는 짓을 한 적이 없으니까요."

김달현 부총리의 말처럼 미국은 자국의 이익과 영향력 축소를 극도로 꺼린다.

한반도의 지정학적 위치는 동아시아에서 중국과 러시아를 견제할 수 있는 요충지였다.

"신의주 특별행정구가 홍콩과 싱가포르처럼 큰 역할을 해내고, 북한의 변화가 확실히 보여지게 된다면 미국의 생각도 달라질 것입니다."

"그래야지요. 전 북한의 인민들이 정말 아무 걱정 없이 배고픔에서 해방되는 것만으로도 바랄 것이 없습니다."

김달현 경제부총리는 북한의 현실을 누구보다 잘 파악하고 있는 인물이다.

그는 중국의 변화와 발전상을 현장을 방문해 직접 보았다.

"그 시발점이 신의주 특별행정구입니다. 이곳에서의 놀라운 변화의 물결이 북한을 바꾸어 놓을 것입니다."

신의주 특별행정구의 공장들이 하나둘 가동되기 시작하면서 새로운 활력이 넘쳐나고 있었다.

특별행정구 주변으로는 새로운 신도시가 형성되었다. 이

곳에서 일해야 하는 인력들이 머물 장소가 필요했기 때문이다.

새롭게 조성된 거리는 신신의주로 불리었고, 기존의 신의주시는 구신의주로 불리었다.

신신의주에는 각종 편의 시설과 극장까지 들어섰다.

27만 명을 수용하는 신신의주에는 현재 13만 명이 입주한 상태였다.

특별행정구에 세워지고 있는 건물들과 공장들이 완공되면 나머지 인원들도 입주할 예정이다.

신의주 일대는 늘어나는 인구와 각종 시설의 건설로 인해 더욱 사람들을 끌어들였다.

사람이 몰리는 것에 맞추어 필요한 물자가 늘어났고 상인들과 관광객들도 신의주를 찾았다.

경의선이 복원되는 10월이면 신의주에서 생산된 물품들이 기차를 통해서 부산항이나 인천항으로 향할 것이다.

신의주 특별행정구에서 생산되는 닉스홀딩스 산하 기업에서 생산되는 물품들은 모두 외국으로 수출할 예정이다.

이미 미국과 유럽의 바이어들이 신의주 특별행정구를 찾고 있었다.

*　　*　　*

마쓰시다 일본은행 총재는 서늘한 3월의 날씨에도 이마에 흐르는 땀을 휴지로 닦아내고 있었다.

3일 동안 도쿄 외환시장에서 41억 달러를 쏟아부었지만 달러는 요지부동이었고, 엔화는 더욱 가파르게 상승했다.

확보해 둔 100억 달러를 모두 시장에 풀었지만, 엔화의 상승세를 꺾기에는 역부족이었다.

"50억 달러를 추가로 확보해야 할 것 같습니다."

환율을 담당하는 나카무라 본부장의 보고에도 마쓰시다는 즉각적인 반응을 보이지 않았다.

"뭐라고 했나?"

"예, 추가로 50억 달러를 더 투입해야 한다고 말씀드렸습니다."

"지금까지 얼마나 손해가 났는지 알아?"

"12억 달러 정도……."

"12억 달러가 아니야, 정확히 14억 달러지. 50억 달러를 더 투입한다면 막을 수 있을 것 같아?"

오늘 보고된 자료에는 환차손으로 14억 달러의 손해를 추정했다.

그 덕분인지 아직 90엔 아래로 떨어지지 않고 있었다.

"현재 확보한 50억 달러에 추가로 50억 달러를 단기간에 더 투입한다면 막아낼 수 있습니다. 소로스와 소빈뱅크가 엔화를 매입할 수 있는 자금은 저희보다 적을 것입니다."

"하긴 여기서 물러서면 대일본은행에 먹칠을 하는 거지."

"예, 수출 기업들도 엔고의 영향 때문에 한국과 대만에 고객을 빼앗긴다고 난리입니다. 놈들에게 일본은행이 호락호락하지 않다는 것을 확실히 보여주어야 합니다."

수출 기업들의 엔고로 인한 손해 때문에 주식시장까지 요동치고 있었다.

주가는 연일 하락세를 면치 못했다. 그러자 일반 국민들도 주식시장의 안정화를 요구하고 나섰다.

"100억 달러를 더 투입해서 막지 못하면 우리가 받는 손해는 40억 달러에 이를 거야. 이 점을 명심해."

세계 제일의 외화 보유액을 가지고 있는 일본이었지만 수십억 달러가 허공으로 날아간다면 작지 않은 충격이 경제 전반에 전해질 수 있었다.

40억 달러로 할 수 있는 일들은 무궁무진했다.

"예, 이번 주에 결판이 날 것입니다."

나카무라 본부장은 자신했다. 100억 달러의 총알로 소로스와 소빈뱅크 두 골칫덩이를 보낼 수 있었다.

이미 소빈뱅크와 조지 소로스도 상당한 자금을 소진한

상태였기 때문이다.

다음 날 도쿄의 외환시장은 91.67엔부터 시작되었다. 전날 뉴욕과 런던 외환시세가 곧바로 도쿄 외환시장에 반영된 결과였다.

도쿄 외환시장은 금융당국의 과도한 규제 때문에 독자적으로 상황을 판단해 시세를 결정할 만한 판단력이 취약하기로 유명했다. 그렇기 때문에 뉴욕과 런던 외환시세를 기본으로 삼았다.

"2억 달러를 매입해!"

일본은행은 오전부터 준비한 자금으로 달러를 매입하기 시작했다.

오전에만 일본은행에서 15억 달러를 쏟아붓자 91.67엔으로 시작한 엔화는 92엔으로 올라가더니 11시가 넘어서자 92.89에 이르렀다.

"강하게 나오는군. 소로스 쪽에 연락해서 잔 펀치를 날리라고 해."

대형 모니터를 지켜보고 있는 국제금융센터 소로킨 센터장의 말이었다.

소빈뱅크 국제금융센터는 조지 소로스가 회장으로 있는 소로스 펀드 매니지먼트와 연락 체계를 갖추고 있었다.

12시가 넘어간 후 소로스의 자금이 엔화를 매입하자 다시금 엔화는 달러당 92엔으로 떨어졌다.

"오늘은 끝을 봐야지."

모니터에 표시되고 있는 엔화 그래프는 엎치락뒤치락하고 있었다. 소로스와 함께하고 있는 미국의 헤지펀드들도 엔화 매입에 참여하자 92엔이 다시금 깨졌다.

"5억 달러를 더 매입해. 이놈들이 오늘 작정을 했군."

환율 방어를 위해 진두지휘를 하는 나카무라 본부장의 두 손에는 땀이 맺혔다.

자신이 생각했던 것보다 강렬한 저항이었다.

"3억 달러 더 사!"

일진일퇴였다.

누구의 자금이 먼저 떨어지느냐가 승부였다. 몇 시간 만에 벌써 38억 달러를 소비했다.

나카무라는 92엔을 마지노선으로 보았다. 90엔으로 떨어지지 않으면 녹아웃을 매입한 기업과 금융기관 중 70%는 구제할 수 있었다.

마의 90엔은 깨지지 않을 것이다.

"소로스 측에서 핏맨(Fat Man)를 투하하겠다고 합니다."

팻맨은 나가사키에 떨어졌던 두 번째 원자폭탄의 이름이다.

"좋아, 지켜보자고."

소빈뱅크 국제금융센터장인 소로킨 마트베이의 말이 나온 지 5분 후 달러당 92.37엔이었던 엔화가 91.21로 급격히 떨어졌다.

소로스 측에서 15억 달러를 한꺼번에 풀어버린 것이다.

"91.11엔입니다."

다급한 외침이 들려왔다.

"빨리 막아!"

나카무라는 순간 얼굴에 핏기가 사라졌다. 예상하지 못한 상황이었다.

지금 엔화의 변동 상황을 지켜보고 있는 일본 금융기관들과 종합상사, 그리고 대만과 싱가포르, 인도네시아 등 아시아의 정부 산하의 금융기관들이 보유하고 있는 달러화의 자산 감소를 우려한 나머지, 달러를 버리고 엔화를 매입하면 일본은행은 막을 수가 없었다.

일본은행이 11억 달러를 더 투입하자 91엔에서 멈추었다.

이젠 2~3억 달러의 싸움이 아니었다.

"우리도 리틀 보이(Little Boy)를 준비해."

리틀 보이는 히로시마에 투하된 원자폭탄의 이름이었다.

소로킨의 말에 국제금융센터의 직원들이 일사불란하게 자판을 두드렸다.

일본은행의 항복을 받기 위해서 마지막 폭탄이 투하될 차례였다.

외환시장이 폐장하기 5분 전 달러당 91.47로 내려가던 엔화가 다시금 달러당 88.75엔으로 폭등했다.

소빈뱅크에서 35억 달러를 한꺼번에 쏟아부은 결과였다. 그러자 월가의 헤지펀드 매니저들도 막바지에 9억 달러를 투입해 엔화를 매입했다.

장이 끝나자 엔화는 달러당 86.47로 폭등한 상태였다.

깨지지 않을 것처럼 여겨졌던 마의 90엔이 깨진 것이다.

막바지에 일본은행이 부랴부랴 23억 달러를 투입했지만 꺾여 버린 그래프를 되돌리기에는 늦어버렸다.

"이런 말도 안 되는 일이······."

지금의 상황이 믿어지지 않는 나카무라의 표정은 창백해질 대로 창백해져 있었다.

일본 경제를 뿌리째 뒤흔드는 사건이 벌어진 것이다.

*   *   *

일본 중앙은행은 총 189억 달러를 엔화 상승을 저지하기 위해서 투입했지만 실패하고 말았다.

절대로 깨지지 않을 거라던 마의 90엔이 깨지자 외환시장은 공황상태로 빠져들었다.

다음 날 일본은행은 7억 달러를 더 투입해 89엔 78까지 올려놓았지만 이미 게임은 끝난 상황이었다.

막대한 자금을 투입하고도 원하는 상황을 만들지 못한 일본은행은 자국의 기업들이 녹아웃 옵션 계약으로 손해를 볼 상황을 지켜볼 수밖에 없었다.

일본은행 또한 환차손으로 40억 달러에 가까운 돈이 허공으로 날아갔다.

그 돈은 고스란히 이 일을 주도한 소빈뱅크와 조지 소로스 일파에게 넘어갔다.

문제는 일본 수출 기업과 금융기관들이 소빈뱅크와 소로스 펀드 매니지먼트에서 판매한 녹아웃 옵션 계약이었다.

녹아웃 옵션 계약을 진행한 일본 기업들은 786개였다.

하지만 일본은행은 어느 정도나 계약을 했는지도 아직 파악되지 않고 있었다.

후지쓰는 7억 달러에 달하는 피해를 봤다. 각 기업들은 많게는 8억 달러에서 적게는 5백2십만 달러까지의 피해액이 발생했다.

모두가 유망 수출 기업으로 독자적인 기술력을 갖춘 기업이었으며 매년 큰 폭의 흑자를 내는 회사들이었다.

문제는 녹아웃 옵션으로 인한 손실 발생 금액이 자기자본을 넘어서는 기업들도 있다는 것이다.

더구나 피해를 본 기업 중 대다수가 피해액을 정확히 공개하지 않고 있었다.

외부에 알려져 봤자 좋을 게 없다는 생각 때문이었다.

일본 정부 차원에서 이들의 피해를 구제해 줄 방법도 없었다. 다들 자신들의 이익을 위해서 녹아웃 옵션에 계약했기 때문이다.

한편으로는 소빈뱅크와 소로스 펀드 매니지먼트를 연결해 준 일본 금융기관에 책임을 물어야 한다는 목소리도 있었지만, 계약 당시의 상황은 기업들에게 유리한 조건과 환경이었다.

소빈뱅크는 엔고에 의한 환차익으로 인해 21억 달러를 벌어들였고, 녹아웃 옵션으로는 열 배에 해당하는 금액의 수익을 올렸다.

이러한 결과는 소로스 측보다 엔고의 범위를 더 높게 잡은 결과였다.

사전에 엔고의 최대 상승 범위를 알고 있었던 것이 이런 천문학적인 규모의 액수를 벌어들일 수 있었던 이유였다.

반대로 일본은행이 환율 방어에 성공했다면 소빈뱅크가 파산했을 것이다.

소빈뱅크의 파산은 룩오일NY의 부실로 이어질 것이고, 결국 러시아에서 사업을 이어갈 수 없었을 것이다.

"동경 공략을 통해서 총 238억 달러에 달하는 이득을 얻었습니다. 이는 역사상으로도 전무후무한 일입니다."

러시아에서 날아온 소빈뱅크 국제금융센터를 책임지고 있는 소로킨 마트베이의 보고였다.

"훌륭하게 처리했어. 소로스는 얼마나 가져갔지?"

"저희의 이익에 30%로 보고 있습니다."

"그쪽도 나쁘지 않군. 엔화를 계속 공략할 예정인가?"

"예, 소로스 측과 이야기가 되었습니다. 이번에는 일본 중앙은행을 상대할 것입니다."

소로킨은 자신감 있는 어투로 말했다. 다시금 일본 정부가 줄기차게 요구하고 있는 금리 인하를 거부 중인 일본은행의 약점을 잡고서 공략을 준비할 것이다.

일본 정부는 거품붕괴 이후 저성장으로 떨어진 경제 성장률을 끌어올리기 위해 정부 주도의 경기 부양정책을 펼치려고 했다. 그러기 위해서는 금리 인하가 필수였지만, 일본은행은 이에 응하지 않고 있었다.

소빈뱅크외 소로스는 일본은행의 금리 인하를 유도해 그에 따른 환차익을 다시금 노릴 예정이다.

이것은 이번 공격으로 불안해진 도쿄 외환시장의 약점을 공략하는 것이기도 했다. 더구나 일본은행의 대응 능력은 생각했던 것보다 떨어졌다.

"이번 작전에 공로가 있는 직원들 명단을 올리도록 해."

함께 한국을 방문한 소빈뱅크장인 이고르를 향해 말했다. 나는 늘 성공에 따른 논공행상(論功行賞)을 정확하게 해주었다.

"알겠습니다. 이익금은 어떻게 하시겠습니까?"

238억 달러에 달하는 이익금은 현재의 환율로 계산하면 한국 돈으로 18조 8천억 원이었다.

올 한해 대한민국의 정부 예산이 54조 8천억이다. 한국 정부가 사용하는 예산의 34%에 해당하는 금액을 반년 만에 벌어들인 것이다.

"블루오션에는 5억 달러를, 닉스코어에는 12억 달러를 투자해. 그리고 DR콩고를 오가는 수송선을 좀 더 구매하고. 나머지는 차차 생각해 보지."

블루오션과 닉스코어는 계속해서 투자를 지속하여야만 했다. 블루오션은 향후 휴대전화기 사업 때문이었고, 닉스코어는 DR콩고의 광산 개발에 따른 인프라 개발 비용이 계속해서 들어갔다.

블루오션은 상당한 이익을 내고 있었지만, 신의주 특별행정구의 반도체 공장 설립에 들어가는 비용이 만만치가 않았다.

"예, 알겠습니다."

소빈뱅크 인물들과 함께 한국을 방문한 룩오일NY의 루슬란 비서실장이 대답했다.

기업 간의 투자와 관련된 곳은 룩오일NY가 담당했다.

소빈뱅크에 다시금 풍족한 자금이 쌓였다.

앞으로 4월 한 달간 일본은행에 대한 공략으로 다시금 곳간에는 더 많은 자금이 채워질 것이다.

소빈뱅크가 벌어들인 막대한 자금은 룩오일NY와 닉스홀딩스 계열사들의 경쟁력을 한층 더 끌어올릴 것이다.

국내 기업들은 엔화의 가파른 상승에 힘입어 수출이 늘어나고 있었다.

가전과 자동차, 철강, 조선 등 일본과 경쟁 관계에 있는 기업들의 주문량이 늘어난 것이다.

하지만 일본에서 부품을 수입하는 업체들은 높은 엔고의 영향으로 이익이 급감했다.

엔화 가치가 20% 올라가면 우리나라의 연간 수출은 35억 달러 늘어나고 수입은 25달러 증가한다. 전체적으로 10억 달러 정도의 무역수지 개선 효과가 있었다. 엔화 가치가 10% 상승하면 9억 4천만 달러가 개선된다.

일본 기업들은 엔고의 영향으로 공급가격이 상대적으로 30~40% 저렴한 한국, 중국, 대만, 태국 등의 부품 업체들로 조달처를 다변화하는 추세였다.

일본 종합상사들도 일본 업체들의 경쟁력이 약화된 섬유직물과 철강금속, 플라스틱 등을 한국에 하청을 주어 가공한 뒤 제3국에 공급되는 기계류 등의 수출 알선 실적을 늘리고 있었다.

이러한 상황을 만든 원인에 대해 정확한 정보를 가지고 있는 국내의 언론이나 금융기관은 없었다.

238억 달러가 넘는 이익금을 챙긴 소빈뱅크에 관한 이야기가 실린 기사는 단 한 줄도 없었다.

하지만 닉스홀딩스 계열사인 닉스에 대한 기사들이 부쩍 늘고 있었다.

신의주 특별행정구에 새롭게 만들어진 4공장의 준공과 함께 마이클 조던의 방문이 큰 이슈를 만든 덕분이었다.

이제는 농구대잔치에 참가하는 농구 선수들 대다수가 닉스 농구화를 신고 있었다.

농구대찬지는 1997년 프로농구 출범 이전까지 실업, 대학, 국군체육부대 등 성인 농구계 모든 팀이 참여하는 국내 최대 규모의 농구 대회이자, 대표적인 겨울 스포츠 이벤트로 큰 인기를 끌었다.

"저희도 농구 실업팀을 창단하지요."

"농구팀을?"

내 말에 한광민 대표의 눈이 커졌다.

"예, 닉스 정도의 규모면 실업팀을 충분히 운영할 정도가 될 것 같습니다. 농구의 인기가 좋아서 제품에 대한 홍보 효과와 회사의 이미지 상승에도 크게 이바지할 테니까요."

농구대잔치는 광풍이라는 표현이 어울릴 정도로 청소년층과 젊은 층에 대단한 인기를 얻고 있었다.

또한 연세대와 고려대, 중앙대 등, 대학 농구팀들은 수많은 소녀팬을 몰고 다니며 아이돌 가수 못지않은 인기를 누리고 있었다.

이에 편승하여 닉스의 에어조던, 리복의 펌프, 아디다스 엑신, 프로스펙스 헬리우스, 아식스 젤 스카이 라이트, 르까프의 터보Z, 나이키의 포스맥스, 코오롱스포츠의 액티브 농구화가 시장에 나와 있었다.

하지만 그중에서 농구화 시장의 59%를 장악하고 있는 닉스의 에어조던이 시장을 선도하고 있었다.

닉스의 생산량이 더 늘어나면 점유율은 더 늘어날 것이 뻔했다.

"음, 나쁘지는 않겠는데, 선수들은 어떡하려고."

"우선은 기존 실업팀의 선수들보다는 대학 졸업생들로 팀을 꾸리는 것이 신선할 것 같습니다. 실력보다는 가능성이 돋보이는 팀을 만들어가는 것입니다. 가능성 있는 유망주들이 성장해 나가는 것도 재미있는 모습이고요."

기존 실업팀의 선수를 영입하는 것보다는 대학 졸업생과 군에서 제대하는 젊은 선수들로 팀을 꾸려서 점점 성장해 가는 팀을 보는 것도 재미있을 것 같다는 생각이 들었다.

닉스는 성적보다는 가능성에 더 큰 점수를 부여하는 기업이었다.

"난 강 회장이 한다면 무조건 오케이야."

한광민 대표는 내가 하고자 하는 일은 무조건 믿고 따라 주었다.

"그럼 내년에 참여하는 거로 해서 팀을 꾸려보는 것이 좋을 것 같습니다. 기획실에 이광수 부장이 운동에 관심이 많으니까 맡겨보지요. 아들도 농구 선수라고 하니까요"

이광수 부장의 아들은 허재가 나온 용산고등학교 농구팀에 소속되어 있었다.

"그래, 그 친구라면 잘할 것 같네. 아들 때문인지 농구에도 일가견이 있더라고. 요새 축구화 기획에도 열심이야."

닉스는 농구화는 물론이고 축구화에도 관심을 두고 있었
다. 미국이 농구화가 주력이라면 유럽은 축구화의 매출이
상당했다.

종합 스포츠 브랜드로 도약해 가는 닉스이기 때문에 축
구화도 곧 생산할 예정이었다.

신의주 특별행정구의 4공장이 본격적으로 생산에 돌입
하면 다양한 스포츠 종목의 신발들이 제작에 들어갈 것이
다.

Chapter 10

닉스커피의 고영환 본부장이 사업 보고를 위해 한국에
들어왔다.

닉스커피는 미국과 캐나다를 중점으로 매장을 늘려가고
있었다.

미국과 캐나다의 주요 도시마다 닉스커피의 매장이 들어
섰다.

미국에 289개와 캐나다에 27개의 매장을 갖췄고 올해 미
국은 350개를, 캐나다는 50개의 매장을 갖출 예정이다.

또한 올해 일본과 멕시코에도 매장을 열 계획을 하고 있었다.

"생각보다 빨리 매장이 늘었네요?"

"아닙니다. 현지의 요청보다도 한 박자 느리게 가고 있습니다."

고영환 본부장의 말처럼 닉스커피를 찾는 사람들이 계속 많아지고 있었다.

하지만 커피 매장의 위치와 조건, 이동 인구까지 까다롭게 따지는 고영환 본부장의 성격 때문에 인기와 달리 매장 수를 크게 늘리지 않고 있었다.

"스타벅스와의 경쟁에서 이길 수 있겠습니까?"

스타벅스는 원래의 역사보다 2년 늦게 기업을 공개해 나스닥에 상장했다.

스타벅스는 자금이 확보되자 공격적인 마케팅으로 매장 숫자를 빠르게 늘려가고 있었다.

"하하하! 물론입니다. 닉스커피의 맛과 매장 분위기가 최고이기 때문입니다."

고영환 본부장은 자신감 있는 말로 대답했다.

그의 말처럼 닉스커피의 맛을 탁월했다.

최고의 커피 맛을 위해서 고영환 본부장은 물론이고 닉스커피 내 구매 담당자들은 커피 벨트(Coffee belt)에 위치한 전 세계 각지의 커피 농장을 직접 찾아가 원두를 선별해 거래를 하고 있었다.

이미 콜롬비아와 베네수엘라, 온두라스, 르완다, 부룬디, 탄자니아, 케냐, 예멘, 에티오피아, 베트남, 인도네시아 등에 위치한 농장들과 직거래를 했다.

특히 르완다와 부룬디에 있는 농장은 나의 지시로 특별히 관리되고 있었다.

더구나 닉스커피의 매장마다 각 도시의 특징과 감수성을 살린 인테리어를 적용하여 감성과 예술, 그리고 편안함을 주는 카페 공간을 연출했다.

특히나 닉스와 연결되는 복합 매장은 젊은 층에 큰 인기를 끌고 있었다.

"하하하! 본부장님의 말만 들어도 확실히 알겠습니다. 커피 학교는 잘 운영되고 계십니까?"

"예, 닉스커피의 인기 비결 중 하나이니까요."

똑같은 커피 원두와 커피 머신을 통해서 만들어진 커피라도 어떤 사람이 만드느냐에 따라서 맛과 향이 달랐다.

닉스커피에서는 커피 학교를 운영하여 닉스커피에서 일하는 직원들에게 전문적인 교육을 받게 했다.

처음 입사한 직원들은 4개월간의 바리스타 교육과 매장 내 서비스 교육을 받아야만 했다.

또한 매장을 책임지는 점장은 커피 농장을 직접 방문해

원두의 품질과 상태를 확인하는 교육까지 받는다.

또한 커피 학교에서 본인이 만든 커피 음료가 시험관들에게 통과하지 못하면 입사를 취소했다.

이러한 까다로운 절차로 인해서 닉스커피의 커피 맛은 다른 커피 브랜드가 따라올 수 없을 정도의 깊고 풍부한 맛을 제공했다.

"그럼 이제 슬슬 대표를 맡으셔야죠?"

"전에도 회장님께 말씀드렸지만 전 현장 타입입니다. 사무실에 앉아서 서류나 결재하는 일은 따분해서 못 합니다."

"하하하! 누가 사무실에만 계시라고 했습니까. 원하시는 만큼 현장도 다니면서 일을 하시면 되지요."

"그래도 대표에 올라서면 제약이 많습니다. 지금처럼 대표 자리는 회장님이 맡아주십시오."

고영환 본부장은 대표 자리를 맡길 원치 않았다.

"저도 할 일이 많습니다. 이전처럼 한 회사에 시간을 다 할애할 수가 없어서 그렇습니다."

"그럼 다른 사람을 대표로 세우시지요. 전 지금처럼 일하는 게 좋습니다."

"닉스커피를 가장 잘 알고, 진정으로 커피를 사랑하는 사람이 대표 자리에 있어야 합니다. 아무나 닉스커피에 대표로 세울 수는 없습니다. 올해까지만 제가 도와드릴 테니까, 내년에는 대표 자리에 오르십시오. 이건 상사로서의 지시입니다."

"후! 알겠습니다."

고영환 본부장은 내 말에 깊은 한숨을 내쉬며 말했다. 그가 대표 자리에 앉더라도 상황은 달라지지 않을 것이다.

앞으로 어딜 가든지 연락이 가능한 시대가 오기 때문이다.

닉스커피는 용광로처럼 서서히 달아오르고 있었고, 앞으로 1~2년 후 닉스커피는 폭발적인 성장세를 구가할 것이다.

닉스커피는 닉스홀딩스 계열사 중에서도 닉스의 인기와 비견되는 회사로 발돋움할 수 있는 회사였다.

*　　　*　　　*

오후 늦게 시간을 내어 북한산에 올랐다.

서울 전역이 한눈에 들어오는 산봉우리에 올라 저녁을 밝히는 불빛이 하나둘 켜지는 서울을 바라보았다.

"5년이구나."

어느새 과거로 되돌아온 지 5년이라는 시간이 흘렀다.

하루하루가 소중했고 행복했던 시간이었다.

이전의 삶처럼 긴 하루를 무의미하게 보낸 날이 없었다.

"정말 하늘이 돕지 않았다면 이 자리까지 올 수 있었을 까?"

러시아 제일의 기업으로 성장한 룩오일NY와 하루가 다르게 성장해 가고 있는 닉스홀딩스를 운영하고 있다는 것이 믿기지 않을 때가 많았다.

용산전자상가에서 시작한 비전전자의 작은 사업이 수십조에서 수백조까지 움직이는 기업으로 성장한 것이다.

아무리 생각해 보아도 이건 기적과도 같은 일이었다.

"천 원 한 장이 없었던 때가 있었는데, 수백조라······."

소빈뱅크가 일본을 통해 얻어들인 금융 이익은 앞으로도 쉽게 이룩할 수 없는 금액이었다.

국제금융센터장인 소로킨 마트베이의 보고를 받았을 때 사실 환호성을 지르고 싶었다.

회사의 운명을 건 거대한 도박이 성공했을 때 오는 짜릿한 쾌감이 온몸을 사로잡았기 때문이다.

이러한 결정은 아무나 할 수 있는 일이 아니었다. 동경 공략을 준비하는 과정에서 소빈뱅크의 주요 인물들 대다수가 나의 결정에 반대를 했다.

너무나 위험도가 크다는 것 때문이었다.

동원되는 막대한 자금이 잘못된다면 소빈뱅크는 물론이
고 룩오일NY까지 위험에 빠뜨릴 수 있었기 때문이다.

아니, 어쩌면 룩오일NY와 연계되어 있는 닉스홀딩스까
지 흔들렸을 것이다.

"승부는 이제부터겠지."

향후 회사별로 진행할 대형 프로젝트에 들어가는 자금은
마련되었다.

앞으로 외환위기가 오기 전 2년 동안 각각의 회사들은 국
내를 벗어나 세계적 기업으로서 뻗어 나갈 수 있는 토대를
마련하면 된다.

닉스홀딩스와 룩오일NY는 앞으로 닥칠 위기가 곧 기회
였다.

*   *   *

정부 관계자들과 20대 그룹의 회장단들이 한자리에 모였
다.

김영삼 정부가 세계화 원년으로 삼은 올해, 정부는 재계
에 적극적인 동참을 요구했다.

오늘 개최되는 정부 포럼은 재벌들이 국내를 벗어나 세
계적인 기업으로 거듭나고 기업의 국제경쟁력을 더욱 강화

하자는 취지의 기업 지원 정책회의였다.

경제부총리를 비롯한 상공부 장관과 노동부 장관, 청와대 경제 수석, 한국은행총재 등 국내 경제를 이끌어가는 인물들이 총망라한 자리였다.

정부는 오늘 허심탄회하게 재계 목소리를 적극적으로 수용해 정책에 반영하겠다고 했다.

김영삼 정부는 개인소득 1만 달러 시대를 넘어 2만 달러 시대를 더욱 앞당기고픈 바람이 컸다. 더구나 정부는 내년 선진국 진입의 관문격인 경제협력개발기구(OECD) 가입을 목표로 하고 있었다.

"대외적인 경제 조건의 어려움 속에서도 대한민국의 경제 성장은… 엔화의 강세로 인해 올해 수출 여건은 작년보다도 나아질 전망입니다. 정부는 수출 성과를 더욱 높이기 위해……."

홍재영 경제부총리의 인사말로 포럼이 시작되었다.

오찬을 겸한 테이블마다 이야기할 수 있는 마이크가 놓여 있었다.

"하하하! 그동안 잘 지내셨습니까?"

목소리가 유난히 밝아 보이는 대산그룹의 이대수 회장이 한라그룹의 정태술 회장을 보며 물었다.

어쩐 일인지 한라그룹의 정태술은 한동안 두문불출하듯

이 외부 활동을 자제했었다.

"잘 지내고는 싶은데, 그게 마음대로 되지 않고 있습니다."

"아직 한라건설 문제가 해결되지 않으셨습니까?"

이대수는 한라건설이 어렵다는 것을 듣고 있었다.

"한번 일이 꼬이니까 풀기가 쉽지 않습니다. 마음 같아서는 정리를 하고 싶은데, 그게 또 여의치가 않습니다."

정태술은 그룹 계열사 간의 상호 출자만 없었다면 한라건설을 정리하고 싶은 마음이었다.

한라건설이 상당한 지분을 가지고 있는 한라시멘트가 한라그룹의 핵심인 한라(주)의 지분을 소유하는 것이 문제였다.

여기에 한라병원과 한라고속도 지분이 복잡하게 얽혀 있었다.

"주식시장이 개방되니까 문제가 여기저기에서 나오는 것 같습니다. 사실 세계화다, 금융 개방이다, 말들을 하지만 아직은 시기상조가 아닌가 하는 생각이 듭니다."

한 테이블에 앉아 있는 동방그룹의 박상교 회장의 말이었다. 동방그룹은 재계 순위 18위에 해당하는 그룹이었다.

"어떡하겠습니까, 청와대에 계신 분의 뜻인데요. 그분이

박 회장님의 말처럼 세계화라는 말뜻을 제대로 알고 있겠습니까?'

반대편에 앉은 대용그룹의 한문종 회장의 말이었다.

"그래도 덕분에 외화 차입은 쉬워졌지 않았습니까. 저렴한 자금이 들어오니까 그동안 자금 문제로 진행하지 못했던 일들도 하게 되고요."

대명그룹의 원세영 회장의 말이었다. 대명그룹은 요즘 인수합병에 열을 올리고 있었다.

"요새 대명그룹이 시중에 나온 쓸 만한 회사들을 죄다 쓸어간다고 들었습니다."

"하하하! 저희가 다 쓸어갔으면 벌써 10대 그룹으로 올라섰을 것입니다. 그냥저냥 돈이 될 만한 것들만 한두 개 인수했습니다. 그건 그렇고 이 회장님께서는 대산에너지가 잘나가서 좋으시겠습니다."

박상교 회장의 말에 원세영 대명그룹 회장이 호탕하게 웃으면서 말했다.

대명그룹은 투자은행과 보험사를 비롯하여 증권사까지 인수하려고 시도 중이었다.

대명그룹은 금융종합회사로 탈바꿈을 시도하고 있었고, 상당수의 자금이 일본을 통해서 들어왔다.

"하하하! 아직은 알 수 없는 일입니다. 원유가 발견되어도 그에 따른 부수적인 일들이 만만치가 않으니까요."

이대수 회장은 대산에너지의 원유 발견에 큰 자부심을 가지고 있었다. 그 이유는 아들인 이중호가 주도적인 역할을 했기 때문이다.

"원유가 발견되었는데 뭘 걱정이십니까. 이젠 대산그룹이 돈 버는 일만 남았지요. 자제분이 영특하다는 소리를 들었는데, 그런 큰일을 해낼 줄 몰랐습니다. 정말이지 자식 복이 있는 분이 저는 제일 부럽습니다."

박상교 회장의 말에 이대수 회장의 입가에 절로 미소가 그려졌다.

이중호가 해낸 일은 이대수 회장과 친분이 있는 사람들은 모두 알고 있었다.

그런 모습에 한라그룹 정태술 회장의 미간이 좁혀졌다. 자기 아들인 정문호는 아직도 정신을 못 차린 채 여자에만 정신이 팔려 있었다.

"한데 신의주 특별행정구에 자리 잡은 기업들에 대한 무관세 협정을 중국에서 수용했다는 것이 사실입니까?"

정태술은 분위기를 전환하기 위해 특별행정구에 대한 이야기를 꺼냈다.

아직 국내 언론에는 이러한 사실이 상세하게 알려지지 않았다.

"저도 그런 이야기를 들었습니다. 중국으로의 수출에 관세가 없다면 상당한 특혜가 아닙니까? 더구나 현지 북한 직원들의 인건비가 중국 현지의 인건비보다 저렴하게 책정되었다고 하던데요."

"글쎄요. 저는 듣지 못했습니다. 우리 쪽에서는 신의주 특별행정구에 들어간 회사가 없어서요."

테이블에 앉아 있는 다섯 명의 그룹 총수들에겐 신의주 특별행정구와 연관된 회사가 없었다.

다들 신의주보다는 중국으로의 진출을 우선시했다.

"말씀대로 신의주 특별행정구에서 만든 제품들이 관세 없이 중국에 들어간다면 상당한 경쟁력을 갖게 될 것입니다. 하지만 특별행정구에 들어간 회사들 대다수가 중국보다는 국내와 북미 위주로 수출하는 업체들이라 큰 혜택을 보는 기업들은 제한적일 것입니다."

이대수 회장은 애써 큰 의미 부여를 하지 않았다. 대산그룹은 북한의 신의주와 중국의 상하이를 저울질하다가 중국으로 눈을 돌렸다.

"이 회장님 말씀이 맞습니다. 더구나 중국의 동북 지역은 아직 소비 시장이 크게 형성되지 못했습니다."

이대수 회장의 말에 대용그룹의 한문종 회장이 동조하듯 말했다. 두 사람은 애써 큰 의미 부여를 하지 않았다.

"그나마 신의주 개발을 주도하는 닉스홀딩스가 혜택을 받겠습니다. 신의주에 철강 공장과 석유화학 공장까지 세우고 있다고 하던데요."

"돈을 어디서 그렇게 조달하는지 모르겠습니다. 신발하고 삐삐을 판매해 봤자 얻어지는 수익이 한정될 텐데요."

"도시락이라고 라면 회사도 있는데 러시아에서 좀 팔려나간다고 합니다."

"하하하! 박 회장님 말처럼 라면하고 운동화를 팔아봤자 얼마나 수익이 난다고요. 제가 볼 때 짓고 있는 공장은 얼마 못 가서 매물로 나올 것입니다. 철강과 석유화학이 애들 이름도 아니고요."

대명그룹의 원세영 회장은 크게 웃으면서 말했다. 그의 말처럼 정유·화학과 철강 공장의 설립은 수천억 원에서 수조 원이 들어가는 대단히 덩치가 큰 사업이었다.

웬만한 대기업도 섣불리 도전하지 못하는 분야였다.

"제가 알기로는 러시아에서 자금을 끌어당긴 것 같습니다. 강태수 회장이 러시아 쪽과는 친분이 두터운 것 같더군요."

대산그룹의 이대수 회장의 말이었다.

"러시아 놈들과 잘못 거래했다가는 큰 낭패를 봅니다. 한라건설이 소빈뱅크와 거래하다가 아주 큰 손해를 받습니다. 놈들은 총만 안 들었지 날강도보다도 더 지독한 놈들입니다."

이대수의 말에 한라그룹의 정태술은 적대감을 드러내듯이 말을 했다.

"러시아 놈들과의 거래는 항시 조심해야 합니다. 언제 뒤통수를 칠지 모릅니다."

대용그룹 한문종 회장이 정태술의 말에 동조하듯 말했다.

대용그룹 산하에 유통 회사가 러시아 진출을 시도하다가 큰 재미를 보지 못했다.

충분한 시장조사 없이 러시아에 진출한 기업들 대다수가 원하는 결과를 얻지 못했다.

"그래도 어린 나이에 큰 기업을 무탈 없이 이끄는 것을 보면 대단한 인물이기는 합니다."

이야기는 돌고 돌아 강태수에 대한 이야기로 넘어왔다.

"올해 25살이라고 들은 것 같은데. 정말이지 그 나이에 중견 그룹 떡하니 만들어낸 것 보면 뭔가 있어도 있는 친구이긴 한 것 같습니다."

"대단한 친구입니다. 강태수 회장님이 손대는 사업마다 시장을 선도하고 있으니까요. 마음 같아서는 제 사위로 삼고 싶은데, 인연이 쉽지 않습니다. 하하하!"

이대수 회장은 강태수를 누구보다 높게 평가했다. 자신의 딸인 이수진을 직접 소개해 주고 만남을 챙기기까지 했다.

"하하! 우리 이 회장님이 애지중지하는 따님의 사위로 삼고 싶다는 친구가 그 친구였군요."

대명그룹의 원세영 회장은 이수진을 잘 알고 있었다. 이수진을 자기 아들인 원상준의 배필로 손꼽았었다.

원상준은 미국의 명문대인 예일대를 나와 하버드 경영대학원에서 경제학을 전공하고 있었다.

원세영은 주변에서 아들을 잘 키웠다는 평가를 받고 있었다.

"저도 가끔 강태수 회장에 대한 소식을 들었는데 정말이지 이해가 안 되는 친구인 것 같습니다. 수단이 얼마나 좋길래 단시일 내에 닉스홀딩스를 중견 그룹으로 성장시킬수 있었는지 말입니다."

"만나보시면 얼마나 뛰어난 친구인지 알게 됩니다. 김우중 회장도 강태수를 입에 침이 마르도록 칭찬을 했습니다. 한마디로 앞을 내다보는 안목이 범인의 경지를 넘어섰습니다."

이대수 회장의 말에 동방그룹의 박상교 회장은 고개를

끄덕였다. 재계 순위 5위 안에 있는 두 회장의 칭찬과 안목이라면 믿을 수 있는 말이었다.

경제부총리를 포함한 경제 장관들과 재계 총수들의 포럼은 세계화에 따른 경제 환경의 변화와 국내 기업들의 해외 진출 경쟁력을 강화해야 한다는 의견에 합의했다.

정부는 재계의 요구를 받아들려 신규 사업 진출과 연관된 사업 규제 부분을 상당 부분 풀어주기로 약속했다.

사업 규제 제한 철폐와 함께 외자도입에도 상당 부분 제한을 두지 않기로 했다.

이 모든 것이 1만 달러 시대를 넘어 2만 달러로 향하기 위한 정부의 강한 의지 표명이었다.

*   *   *

소빈뱅크는 나의 지시대로 닉스코어와 블루오션에 각각 12억 달러와 5억 달러를 투자했다.

닉스코어는 투자받은 12억 달러 중 5억 달러를 DR콩고의 광산 개발에 투자했고, 르완다와 부룬디에도 각각 1억 달러씩을 투자했다.

나머지 5억 달러로는 닉스코어가 사용할 해외 주요 항구의 터미널 지분과 창고를 매입했다.

광물을 각 대륙에 실어 나르고 판매하려면 항구는 물론이고 야적장도 필요했기 때문이다.

이미 호주의 주요 산업 항구의 지분을 가지고 있는 닉스코어는 호주에서 채굴된 철광석을 한국과 중국으로 실어나르고 있었다.

더구나 닉스코어는 소빈뱅크에서 매입한 2척의 광물용 벌크선과 2척의 화물선, 그리고 컨테이너선 1척을 인계받았다.

닉스코어는 인계받은 벌크선과 화물선을 5년간 나누어서 갚아나가기로 했다. 물론 이자는 없었다.

본격적으로 DR콩고의 광산들이 개발되면 닉스코어의 매출은 급격하게 늘어날 것이다.

현재 닉스코어는 칠레의 자원을 확보하기 위해 다시금 동쪽으로 눈을 돌리고 있었다.

칠레는 다양한 금속광물과 비금속광물을 골고루 보유하고 있는 자원부국으로 구리, 몰리브덴 등을 비롯한 금, 은, 철광석, 마그네슘, 아연, 납 등의 금속광물을 비롯해 리튬, 요오드, 질산염(초석), 레늄, 붕산염, 석영, 석회석 등 다양한 종류의 비금속 광물의 생산지였다.

매장량 측면에서도 칠레는 구리, 리튬, 질산염, 요오드 등에 있어 세계 최대의 매장량 보유국이며, 몰리브덴은 세 번째 매장량을 보유한 국가다.

생산량에서도 칠레는 구리, 몰리브덴, 요오드, 레늄, 초산염 등의 세계 제일의 생산국이다.

닉스코어는 칠레의 리튬을 노리고 있었다. 칠레의 리튬 매장량은 볼리비아에 이어 세계 2위지만 생산량은 1위였다.

아직은 리튬전지에 대한 개발의 미비로 용도는 유리와 세라믹 산업에 많이 이용되고 있었다.

리튬 화합물은 유리 성분의 녹는점을 낮추거나 유리나 세라믹 요리 기구의 열 저항을 증가시킨다.

"칠레는 아프리카의 DR콩고와 같이 풍부한 광물 매장량을 가지고 있습니다. 주요 광물이 지표면 가까이 매장되어 있어 채광의 경제성이 높고… 또한 동서의 폭이 좋아 광산과 항구가 근접하여 광물 수송에 유리할 뿐만 아니라 광물 매장 지역들이 황무지라 탐사 및 채굴 또한 쉽습니다."

닉스코어의 대표인 대니얼 강의 설명이었다.

대니얼 강은 캐나다 교포 출신으로 스위스 거대광산 기업인 엑스트라타와 글로벌 자원 기업인 글렌코어를 거친 인물이다.

18년간 세계를 돌며 광산 개발은 물론 그와 연관된 일을 진행했다.

대니얼 강은 룩오일NY를 통해 알게 된 인물이다.

"인프라는 어떻습니까?"

"DR콩고와 달리 훌륭한 인프라 환경을 갖추고 있습니다. 도로와 전력 시설, 수도 시설 등을 광산 지역까지 쉽게 끌어올 수 있습니다. 또한 실력이 뛰어난 광산 노동 인력들도 풍부합니다."

"우리가 칠레에 진출하는 데 문제점은 무엇입니까?"

"특별한 문제점은 없습니다. 하지만 일본의 투자가 지속해서 이루어지고 있습니다. 주로 구리와 은 광산에 투자가……."

광업 부문은 칠레의 최대 투자 분야다.

1970년대 피노체트 정권에서 주요 광산에 대한 민영화 단행 이후 외국자본을 통한 광업 개발을 본격화했다.

미국, 캐나다, 호주, 영국 등 선진국 자본의 투자가 집중되었고, 1980년대 이후로는 일본계 투자 자금의 유입이 본격적으로 이루어지고 있었다.

또한 칠레는 견실한 경제성장과 정치 안정 등의 투자 이점으로 인해 중남미 국가 중 브라질, 멕시코에 이어 세 번째로 외국인 투자가 많은 나라다.

"하지만 저희가 노리고 있는 리튬과 몰리브덴은 충분히 확보할 수 있을 것 같습니다."

자원 확보는 타이밍이었다. 일본의 자금이 유입되고 있는 칠레였지만 아직은 늦지 않았다.

신의주 특별행정구에 지어지고 있는 닉스제철소에는 특수강을 전문적으로 생산하는 고로도 만들어지고 있었다.

특수강을 만들기 위해서는 몰리브덴이 필수였다.

강(鋼)에 몰리브덴을 소량 첨가함으로써 담금질성과 인성을 증가시키고 강도를 높인다.

이러한 작용으로 몰리브덴을 이용하여 공구강, 고속도강, 스테인리스계 특수강, 내열강, 고장력강 등이 만들어진다.

"닉스코어가 반드시 확보해야 하는 곳은 엔엑스 우노(Nx Uno) 리튬 광구입니다. 필요한 자금은 소빈뱅크에 요청하시길 바랍니다."

엔엑스 우노 리튬 광구는 300만t의 리튬이 매장된 칠레 북부 아타카마 염호(鹽湖)에 자리 잡은 광산이었다.

아직은 그 누구도 관심을 두고 있지 않은 장소이기도 했다.

앞으로 이곳은 전 세계 최대 리튬 생산지로 세계 리튬 생산의 45%를 차지하는 곳이 된다.

"예, 좋은 결과를 만들어내겠습니다."

대니얼 강은 칠레의 광산 관계자들과도 친분이 두터웠

다. 그를 닉스코어에 영입한 이유이기도 했다.

닉스코어 리튬 광산을 확보해야 향후 리튬전지와 2차전지 산업에 닉스화학이 뛰어들 것이다.

Chapter 11

　시멘트를 비롯한 건축자재들과 일상용품을 잔뜩 태운 닉스코어 산하 2척의 화물선과 컨테이너선 1척이 뒤를 따랐다.

　닉스코어 산하 열 척의 화물선과 컨테이너선, 그리고 광물을 실어 나르는 벌크선이 정기적으로 DR콩고의 마타디항구를 오가고 있었다.

　필요할 때는 배를 빌려 DR콩고로 물자를 보냈다.

　마타디항구는 룩오일NY에 의해서 현대적인 항구로 탈바꿈하고 있었다.

모든 공사비는 전 대통령인 모부투가 빼돌린 자금으로 진행했다.

항구의 접안 능력을 높이기 위한 공사가 진행되었고, 시설 부족으로 고작 2~3척의 작은 선박만을 접안했던 마타디항구는 30척의 배를 접안하는 항구로 바뀌었다.

보관 시설 증축에도 신경을 써 창고는 5개 동을 늘려 43,000톤을, 야적장은 5천㎡의 규모로 260,000톤을 보관할 수 있었고, 컨테이너야드는 6만 9천㎡로 104천TEU의 동시 장치 능력을 보유하게 되었다.

이는 중부아프리카의 어떤 나라도 갖추지 못한 현대식 항구였다.

항구의 증설은 계속되고 있었고, 향후 마타디항구를 통해서 유럽과 북미로의 광물 수출도 원활하게 진행할 수 있었다.

평화롭게 치러진 DR콩고의 대통령 선거에서 압도적인 지지로 미나쿠 의장이 대통령으로 선출되었다.

대통령이 된 미나쿠는 화합과 평화를 내세우며 DR콩고의 대통합을 주창했다.

미나쿠 대통령 취임식에는 아프리카 국가의 수반들이 대거 참석했고, 유럽과 미국의 고위 정부 당국자들도 참석했다.

러시아에서는 프라드코프 연방총리가 참석했고, 한국은 공노명 외무장관이 축하 사절로 참석했다.

미나쿠 대통령 취임식의 앞자리에는 주요 나라의 수반들이 앉아 있었고, 기업인 중에서는 유일하게 내가 앞자리에 앉았다.

한국을 대표해서 참석한 공노명 외무장관은 뒷자리에 앉아 있었다.

"하하하! DR콩고에서도 회장님께서 큰일을 해내셨습니다."

옆에 앉은 프라드코프 총리가 웃으면서 말했다.

소비에트연방이 해체되고 러시아에 경제적인 위기가 닥치자 중부아프리카에서 러시아의 영향력이 축소된 상황이었다.

하지만 지금 룩오일NY의 진출로 인해 DR콩고는 물론 르완다와 부룬디까지 러시아에 호의적인 상황이 되었다.

또한 콩고와 탄자니아도 러시아에 교류 확대를 요청했다.

미국과 유럽의 주 무대가 되었던 중부아프리카에 다시금 러시아가 영향을 끼칠 수 있는 환경이 조성된 것이다.

이 모든 것이 러시아 정부의 노력이 아닌 내가 운영하는 룩오일NY와 닉스코어 덕분이었다.

"러시아 정부에서 많은 협조를 해주신 덕분입니다. 앞으로도 많은 지원을 부탁드리겠습니다."

"뭐든지 말씀하십시오. 강 회장님께서 원하시는 것은 무슨 수를 내서라도 들어드리겠습니다."

밝은 표정의 프라드코프 총리와 달리 유럽과 미국에서 축하사절로 온 관계자들의 표정은 좋지 않았다.

DR콩고의 막대한 지하자원이 룩오일NY과 들어보지도 못한 닉스코어에 대부분 넘어갔기 때문이다.

유럽과 북미의 거대 광산기업들은 DR콩고의 광산 확보를 위해 정부와 정치인들에게 압력을 넣었지만, 효과를 전혀 보지 못했다.

"감사합니다. 저희도 적극적으로 러시아 정부를 돕겠습니다."

나의 말에 프라드코프 총리는 만족스러운 미소를 보였다.

뒤에서 우리 둘의 대화를 지켜보고 있는 공노명 외무장관은 놀라는 모습을 감추지 못하고 있었다.

러시아의 총리는 물론이고 중부아프리카의 정부 수반들이 나를 대하는 태도가 하나같이 극진했기 때문이다.

취임식이 끝나고 참석한 귀빈들을 위한 만찬 장소로 이

동했다.

　장소는 닉스코어에서 인수한 호텔로, 그동안 수리를 거쳐 새롭게 개장한 닉스콩고호텔이었다.

　닉스콩고호텔은 대통령궁에서도 얼마 떨어지지 않았고 DR콩고에서 가장 큰 호텔이다.

　새로운 인테리어와 최신 시설로 개장한 호텔은 닉스호텔에서 운영을 맡았다.

　넓은 만찬 장소에는 각국에서 온 귀빈들과 사업가들도 한자리에 모였다.

　"외무부에서 강 회장님이 러시아통이라는 소리를 들었는데, 오늘 보니 그 말이 부족하다는 걸 느꼈습니다."

　공노명 외무장관은 일부러 내 옆으로 다가와 말을 붙였다.

　"아닙니다. 프라드코프 총리와는 안면이 있어서 그렇습니다."

　"아무리 그래도 러시아 연방 총리가 그런 모습을 보이는 건 처음 봅니다. 저도 프라드코프 총리를 만나봤지만, 자존심이 무척 강해 대화를 나누기가 쉽지 않았습니다."

　프라드코프 총리는 공노명 외무장관의 말처럼 자존심이 강하고 직설적인 성격이라 좋고 싫음이 분명했다.

　그 때문에 자신의 마음에 들지 않거나 러시아의 국익과

연관되지 않은 일에는 냉정하게 행동했다.

하지만 나와의 대화에서는 시종일관 웃음이 떠나지 않았고 내 말을 깊이 경청하는 모습을 보였다.

마치 아랫사람이 윗사람의 말을 듣는 것처럼.

"하하! 그런 면이 없지 않지요. 저도 처음에는 쉽게 대화를 나누지 못했습니다."

"강태수 회장님께서 노력해 주신 덕분에 러시아와는 유대 관계가 폭넓어졌습니다. 한데 오늘 보니 이곳 DR콩고에서도 영향력이 대단하신 것 같습니다. 귀빈석의 위치도 저보다 앞에 계시고요."

"미나쿠 대통령께서 배려를 해주신 덕분입니다. 일찍부터 DR콩고에 닉스코어가 진출하여 유대 관계를 맺어놓은 것이 앞자리에 앉게 되었네요."

"하여간 여러모로 대단하십니다. 저희 외교관들이 못하는 것을 강 회장님께서 해주시니, 감사하다는 말밖에 드릴 말이 없습니다. 제가 도와드릴 것이 있으면 적극적으로 돕겠습니다."

한국 정부는 아직은 중부아프리카에 크게 신경을 쓰지 못하고 있었다.

중부아프리카는 계속된 내전과 정치 혼란으로 한국 기업들의 진출도 적극적이지 못했다.

그러다 보니 현지에 진출한 교민들도 다른 나라들보다 적었고, 그만큼 외무부에서도 신경을 쓰지 않게 되었다.

"말이 나오신 김에 DR콩고에 대사관을 개설해 주시기 바랍니다. 이곳 현지에 파견된 직원들도 150명이 넘어서고 있습니다. 앞으로도 계속 늘어날 것입니다. 더구나 몇 개월 후면 DR콩고 내의 광산에서 생산된 광물들이 한국으로 보내질 것입니다. 또한 미나쿠 대통령은 교류 확대를 위해 한국을 제일 먼저 방문하시길 원하고 있습니다."

현재 DR콩고에는 킨샤사에 한국 연락사무소만 있었다.

"그렇습니까?"

내전이 끝난 DR콩고는 중부아프리카에서 가장 발전 가능성이 큰 나라였다.

가지고 있는 지하자원들만 잘 활용해도 DR콩고는 단숨에 아프리카의 부국으로 올라설 수 있었다.

"예, 제가 미나쿠 대통령에게 직접 들은 이야기입니다."

"알겠습니다, 제가 적극적으로 추진하겠습니다. 미나쿠 대통령의 방문 또한 청와대에 전달해서 바로 진행할 수 있도록 하겠습니다."

공노명 외무장관도 DR콩고를 대하는 각 나라의 분위기를 현지에서 파악할 수 있었다.

미국과 유럽은 물론이고 러시아와 중국에서도 고위급 인사들이 참석해 DR콩고와의 협력을 적극적으로 모색하는 것을 눈으로 보았다.

지하자원 부족으로 에너지자원과 광물들을 대부분 수입해야 하는 한국의 현실에서 자원 부국인 DR콩고와의 협력은 반드시 필요한 상황이었다.

* * *

킨샤사는 활력이 넘쳐났다.

내전을 끝나자 사람들의 왕래와 물자 수송이 더욱 활발하게 진행되고 있었기 때문이다.

더구나 대통령으로 선출된 미나쿠 대통령은 그의 공약대로 자신의 측근들을 관리에 임명하지 않았다.

대신 능력 있고 청렴한 인물들을 관리에 임명했다. 또한 종족을 차별하지 않았고, 실력 있고 정직한 인물들을 중용했다.

이러한 미나쿠의 인사 정책에 부족을 이끄는 추장들과 모든 국민이 만족감을 드러냈다.

또한 내전 기간 동안 방치되었던 국립공원을 정비하기 시작했다.

내전이 벌어지는 동안에 밀렵꾼들이 감시가 소홀한 틈을 타서 멸종 위기에 처한 동물이나 비싼 가격에 팔리는 동물들을 불법적으로 포획했다.

이들을 잡아야 하는 경찰과 국립공원 순찰대도 급여가 나오지 않자 범죄에 동참하기도 했다.

닉스코어와 닉스호텔은 국립공원관리와 관광 개발을 위해서 6천5백만 달러를 투자하는 협정서에 체결했다.

DR콩고 정부도 2천만 달러의 기금을 마련하여 순찰대를 증설하고 국립공원 내에 거주하는 주민들을 이주시켰다.

한편으로 이주한 주민들을 우선하여 국립공원 관리 직원으로 채용했다.

현지의 주민들이 생활해 나갈 수 있는 터전이 없으면 그들이 곧 밀렵꾼으로 탈바꿈한다.

외국의 관광객들을 끌어들일 수 있는 환경을 조성하기 위해서 닉스호텔이 국립공원 내에 숙소와 제반 시설을 짓기 위한 조사에 들어갔다.

관광이 활성화되면 더 많은 사람이 직장을 가질 수 있었다.

또한 밀렵꾼을 신고하거나 체포하는 사람에게는 최대 2천 달러의 상금을 내걸었다.

연간 국민소득이 몇백 달러에 불과한 DR콩고에서 2천 달러의 상금은 몇 년간의 소득이었다.

현재 DR콩고에 진출한 한국 회사들은 닉스코어와 닉스 E&C, 그리고 닉스호텔이었다. 닉스E&C는 마타디항구 현대화 계획과 함께 보마(BOMB) 항구를 새롭게 만들고 있었다.

마타디항구를 현대화하는 공사를 하고 있지만, 국제 항구에 비하면 협소했다.

새롭게 보마 항구를 개발해 광물과 자동차를 수출입하는 항구로 이용할 계획이었다. 이렇게 되면 마타디항구는 컨테이너 전용 항구로만 사용할 생각이다.

한편으로 킨샤사와 카로를 잇는 도로와 철도 공사가 본격적으로 진행되고 있었다.

총공사비가 15억 3천만 달러에 달하며 카로를 중부 지역의 핵심 도시로 만들기 위한 작업의 일환이었다.

모든 공사 비용은 모부투의 비자금으로 진행되고 있었다.

1차로 115명의 닉스E&C 직원들이 파견되었고, 추가로 173명의 직원이 다음 달에 DR콩고로 들어올 예정이다.

이 공사로 4천 명의 현지 직원들이 채용되어 공사에 투입될 예정이다.

또한 시멘트 공장 설립을 위해 DR콩고 정부와 협의 중이다.

DR콩고는 새롭게 건설해야 하는 분야가 넘쳐났다.

닉스코어 역시 광산 개발을 위해 58명의 직원이 추가로 파견될 예정이다.

광산 개발로 고용되는 현지 직원들 또한 4천여 명에 달했고, 계속 늘어나고 있었다.

룩오일NY도 원유 개발을 위해서 37명의 직원들이 파견되어 일하고 있었다.

"킨샤사와 카로의 정수장 공사가 6월부터 들어갈 예정입니다."

현지에 파견된 닉스E&C 현문종 이사의 말이었다. 깨끗한 물을 공급하기 위해 킨샤사와 카로에 정수장 공사가 예정되어 있었다.

아프리카에서 가장 필요한 것은 깨끗한 물의 공급이었다.

깨끗한 물을 마시지 못해서 사망하는 영아들과 어린아이들이 해마다 DR콩고에서만 수십만 명에 달했다.

병원보다도 시급한 것이 정수장 건설이었다.

수도인 킨샤사는 지금 사용 중인 정수장이 낡아 깨끗한 물을 공급하지 못했다.

"나머지 도시들은 언제쯤으로 보고 있습니까?"

DR콩고의 경제 발전을 위해서 우선 물과 전기, 교통 인프라를 해결하기 위한 5개년 계획을 세웠다.

국민들의 실생활을 개선하지 못한 상태에서 경제 발전은 공허한 메아리일 뿐이다.

또한 국민들의 의식을 바꾸기 위한 교육 사업도 진행하고 있었다. 각 지역에 학교를 세워 DR콩고의 미래를 위한 준비를 진행 중이다.

미나쿠 대통령은 학교 설립 사업을 가장 적극적으로 추진하고 있었다. DR콩고는 이를 위해 1억 달러를 투자했고, 룩오일NY에서도 1억 달러를 지원했다.

"키크위티와 싸디는 북한 인력이 들어오는 10월 들어갈 계획입니다."

DR콩고에는 북한의 건설 인력이 파견될 예정이다. 현지 건설 인력들의 능력이 떨어지는 관계로 공사 일정을 맞추기가 쉽지 않았다.

한편으로 닉스E&C가 진행하는 공사들이 상당했기 때문에 국내에서의 인력 수급도 쉽지 않았다.

"건설 장비들의 반입은 끝냈습니까?"

"예, 이번 달 말에 들어오는 장비들만 들어오면 현지에 필요한 건설 장비는 모두 들어오게 됩니다."

"닉스E&C의 역할이 아주 큽니다. DR콩고의 변화가 주변 나라로도 번져갈 것입니다. 르완다와 부룬디에도 닉스E&C의 손길이 필요로 할 것입니다."

르완다와 부룬디에도 공사를 진행해야 할 것들이 곳곳에 널려 있었다.

두 나라와도 7억 달러 상당의 발전소 공사를 협의 중이었다.

한편으로 반군들의 근거지였던 국경도시 코마와 부카부에는 커피 시장을 개설했다.

두 나라에서 나오는 커피를 매매하는 시장으로 룩오일NY에서 5천만 달러를 투자해 현대식 시장을 개설했다.

DR콩고와 룩오일NY는 국경에 머물던 르완다 난민들도 대다수 고향으로 돌아갈 수 있도록 지원했고, 르완다도 난민들이 고향에 정착할 수 있도록 도왔다.

르완다는 부족한 노동력을 돌아오는 난민들로 해결할 수 있었다.

이를 위해서 룩오일NY에서 2억 달러를 투입했다.

난민들로 인해 발생하는 문제가 점차 사라지면서 국경도시들은 더욱 활발해졌고 상인들이 몰려들었다.

각 나라를 연결하는 도로들을 새롭게 정비했고, 물자들이 자유롭게 왕래할 수 있도록 했다.

"예, 이곳에 와보니 한국의 60~70년대를 보는 것 같습니다. 어렵고 힘들지만 뭔가를 해내겠다는 모습들에서 열정이 느껴졌습니다."

"맨 위에서부터 솔선수범하고 있으니까요. 이 나라는 앞으로 크게 달라질 것입니다. 제대로 된 지도자를 만나면 나라가 어떻게 바뀌는지를 DR콩고가 제대로 보여줄 것입니다."

DR콩고의 미나쿠 대통령은 밤낮을 가리지 않고 열정적으로 일에 매달렸다.

자신을 필요로 하는 곳이라면 어디든지 달려갔고, 열심히 상대방의 말을 경청했다.

대통령 참모들과 DR콩고를 이끌어가는 관리들과도 격의 없이 대화하고 토론했다.

또한 대통령 궁 일대를 시민들에게 개방했고, 자신이 받는 급료의 절반을 떼어 굶주리는 어린아이들의 식사를 위해서 내어놓았다.

사심 없고 진솔한 그의 행보에 국민들은 물론 함께하는 관리들도 그를 적극적으로 지지했다.

"예, 저도 이곳에 와서 많은 것을 보고 느꼈습니다."

독재자였던 모부투가 사망하고 내전이 종식된 DR콩고는 빠르게 변화하고 있었다.

주변 아프리카 지도자와 달리 욕심 없고 능력 있는 미나쿠 대통령을 만난 것이 DR콩고의 복이었다.

그걸 가능하게 만든 것 바로 또한 나였다.

Chapter 12

다음 날 난 카로를 방문했다.

카로는 DR콩고에서 가장 열정적인 도시로 탈바꿈하고 있었다. 카로의 중심가에는 다양한 건물들이 건설되고 있었다.

카로에 가면 일자리가 넘쳐난다는 말이 DR콩고에 퍼져 나갔고, 그에 걸맞게 새로운 일거리들이 늘어났다.

닉스E&C에서 진행하는 공사와 닉스코어의 광산 개발도 활발했다.

중학교와 고등학교가 새롭게 만들어졌고 간호사를 양성

하기 위한 간호대학이 카로에 들어섰다.

국경 없는 의사회와 닉스코어의 지원으로 1차로 50명이 선발되어 간호사 교육을 받고 있었다.

향후 2년 안에는 의과대학을 카로에 설립할 계획이다.

"의료 장비들과 실습에 필요한 시설들이 모두 갖춰졌습니다. 이곳에서 교육된 간호사들이 DR콩고 전역으로 파견되어 의료 행위를 도울 것입니다."

닉스간호대학의 총장으로 부임한 프랑스 의사인 피에르의 설명이었다.

피에르 총장 외에도 여섯 명의 의사와 일곱 명의 간호사가 학생들을 가르친다.

이들은 또한 닉스제약의 후원으로 DR콩고에서 발생하는 전염병을 연구하게 되며 닉스간호대학은 닉스코어와 카로시에서 3년간의 학비와 숙식을 모두 무료로 제공한다.

"단숨에 모든 것이 달라질 수는 없겠지만 닉스간호대학과 향후 세워질 닉스의과대학이 DR콩고의 의료 체계에 많은 도움을 줄 수 있을 것입니다."

"하하하! 물론입니다. 회장님의 적극적인 도움이 DR콩고의 국민들을 더욱 건강하게 만들 것입니다."

피에르는 큰 웃음을 보이며 말했다.

내전과 가난으로 인해 DR콩고의 의료 혜택은 오직 관리들과 부자들의 진유물이나 마찬가지였다.

하지만 이젠 카로의 변화를 통해서 일반 서민들도 질병의 고통에서 벗어날 길이 보이기 시작했다.

난 교육을 받고 있는 학생들과 일일이 악수를 하면서 그들을 격려했다. 나는 가져간 닉스 운동화를 선물했다.

DR콩고 전역에서 선발한 학생들은 매우 우수했고 열정에 넘쳐 있었다.

* * *

카로의 중심가는 하루하루 지날 때마다 달라지고 있었다.

DR콩고에서 생산되는 농산물과 물자들이 카로를 거쳐 전국으로 퍼져 나갔다.

늘어나는 시장 규모에 맞게 시설과 도로, 그리고 전기 시설을 새롭게 갖추었다.

이미 신의주시에서 경험했던 일들을 이곳에 적용했다.

물자와 사람들이 몰리는 만큼 각종 범죄 행위를 사전에 차단하기 위해 카로 보안군은 경찰로 탈바꿈했고, 그에 대한 교육을 철저하게 받았다.

전달에 경찰서와 유치장이 세워졌고, 법원도 며칠 전 세워졌다.

카로의 경찰들은 범죄 행위에 대해 가혹하리만큼 철저하게 대했다.

또한 자신의 지역을 지킨다는 자부심이 대단했고, DR콩고의 이전 경찰들과 달리 불법적인 일에 일제 가담하지 않았다.

카로의 시에서는 이런 경찰들에게 충분한 봉급과 지원을 아끼지 않았다. 이 모든 경비는 카로의 광산에서 나오는 이익금과 세금으로 충당했다.

닉스코어와 코사크도 경찰을 지원하기 위해 한국에서 성능 좋은 지프 23대를 들여와 카로의 경찰에게 기증했다.

또한 보안군 중에서 일부는 국립공원 경비대로 채용되었다.

카로는 DR콩고의 도시 중에서도 범죄에 가장 청정한 도시로 유명세를 떨치기 시작했다.

"다이아몬드 광산과 금광에서 나오는 매출이 전반기에만 4천 7백만 달러로 늘어났습니다. 다이아몬드는 모두 파리와 모스크바로 보내고 있습니다."

닉스코어의 현장 책임자인 장성준 이사의 말이었다.

카로에서 생산된 양질의 다이아몬드는 연마 회사가 있

는 파리와 모스크바로 보내졌고, 이곳에서 파베르제에 속한 연마사들에 의해서 진정한 보석으로 재탄생하고 있었다.

금은 DR콩고 현지에서 금괴로 만들어져 유럽과 중동으로 수출했다.

"구리 광산은 언제 진행할 예정입니까?"

금광이 발견된 곳에서 얼마 떨어지지 않은 곳에 대규모의 구리 광산이 존재했다. 또한 주석 광산도 최근에 발견되었다.

주석은 주로 다른 금속과의 합금이나 화합물 형태로 사용된다.

주석의 가장 큰 용도는 금속관과 전자 제품의 회로를 연결하는 데 사용되는 땜납이다.

땜납 외에도 여러 주석 합금들이 종, 파이프 오르간의 파이프, 식기와 장식품, 고하중용 대형 베어링 등 다양한 용도의 금속 재료로 사용된다.

카로 지역은 한마디로 광물의 산지였다.

"전기 공사와 수도 시설 공사가 끝나는 8월에 채굴을 시작할 예정입니다."

"음, 8월이면 나쁘지 않네요. 구리정련공장은 잘 준비되고 있지요?"

카로의 구리 광산은 채굴된 광물을 그대로 수출할 생각이 아니었다. 광물을 정련해서 구리 동판으로 만들어 유럽과 중국으로 수출할 계획이다.

서서히 기지개를 켜고 있는 중국에서 막대한 양의 원자재를 수입하기 시작했다.

"예, 세레브로 제련공장과 협력해서 내년 10월까지는 제련공장을 완공할 예정입니다."

룩오일NY 산하 세레브로제련의 노하우와 기술을 전수할 예정이다.

"좋습니다. 이대로 진행하십시오."

카로에 들어설 제련공장은 금과 구리를 제련할 예정이다.

내가 DR콩고를 떠나기 전부터 공사에 들어갔었고, 지반 정리 작업이 이번 달에 모두 끝난 상태였다.

카로는 물론 대규모의 구리 광산이 있는 카탕가에도 닉스코어의 투자가 이루어졌다.

닉스코어가 인수한 카탕가의 무탄다 구리 광산에서는 이미 연간 12만 미터톤의 구리와 1만 8,000톤의 코발트가 생산되고 있었다.

국제적인 원자재 기업으로 발돋움하는 닉스코어의 행보는 DR콩고와 호주는 물론 자원 부국인 칠레로 향하고 있었다.

닉스코어는 전 세계에서 소비되는 10종 이상의 원자재를 20% 이상 확보하는 것이 목표였다.

또한 전 세계에서 유일하게 원자재 채굴과 운반, 그리고 무역(trade)까지 원스톱으로 할 수 있는 회사로 성장시킬 계획이다.

*　　　*　　　*

DR콩고의 미나쿠 대통령과 회담을 마치고 나는 다시 르완다와 부룬디를 방문했다.

3국의 경제 협력과 중부아프리카의 경제 연합체를 탄생시키기 위한 협의 때문이다.

DR콩고, 르완다, 부룬디, 콩고, 수단, 탄자니아, 가봉, 잠비아, 우간다를 포함한 중부아프리카 연합체였다.

여기에 내전을 겪고 있는 앙골라까지 참여하면 중부아프리카의 모든 나라들이 참여하게 된다.

뚜렷한 경제성장 동력이 없는 아프리카의 나라들은 서로를 도와 하나가 되지 못한다면 영원히 가난과 질병 속에서 살아갈 수밖에는 없다.

먼저 DR콩고와 르완다, 부룬디에서 구체적인 성과를 보여주어야만 나머지 나라들도 자발적으로 참여할 수 있을 것이다.

다행스러운 점은 르완다와 부룬디의 지도자들은 나의 이러한 계획에 적극적으로 동조하고 협조했다.

두 나라는 나에게 협조해야만 어려운 경제 상황을 헤쳐 나갈 수가 있었다.

UN과 서방의 원조는 단기적인 식량 문제나 전염병에 국한된 것들이었다.

현실적으로 두 나라에 실질적인 투자를 진행하는 기업은 룩오일NY와 닉스코어뿐이었다.

르완다는 물론이고 부룬디는 짐바브웨, 콩고민주공화국, 라이베리아의 뒤를 잇는 아프리카 최빈국이다.

하지만 이제는 세 나라 모두 내전을 종식하고 내부 안정과 종족 간의 화합을 끌어내기 위해 노력하고 있었다.

룩오일NY의 투자로 르완다와 부룬디는 공항을 새롭게 확장하기로 했다.

부룬디의 수도인 부줌부라와 르완다의 수도인 키갈리에 있는 공항들을 국제공항에 걸맞은 시설로 정비할 것이다.

또한 물자 수송을 위해 세 나라를 연결하는 국경 도로를 정비하는 작업이 이번 달부터 진행되고 있었다.

르완다와 부룬디의 주요 수입원은 커피와 차(茶), 설탕 등 농산물이 주를 이뤘다.

농산물의 판매와 수송이 원활하게 이루어지도록 만든 것은 소비처까지 물류 수송 루트의 정비였다.

이미 국경도시인 부카부에 대규모 커피와 차 시장을 개설하여 판매가 원활하게 이루어지도록 했다.

또한 커피와 차를 비롯한 물자 수송을 위해서 철도를 신규로 개설할 계획이다.

유럽과 미국으로는 DR콩고의 마타디항구를 이용하는 것이 경제적이었고, 아시아와 중동은 탄자니아의 다르에스살람(평화의 항구) 항구를 이용하는 것이 합리적이다.

다르에스살람으로 향하는 동부 철도는 탄자니아의 시냥가만 연결하면 되었고, 마타디항구로 향하는 서부 철도는 DR콩고의 킨두까지 연결해야만 했다.

동부와 서부 철도가 완공되면 세 나라의 국경 지대에서 생산되는 커피와 차는 물론이고 광물들도 손쉽게 수송할 수 있었다.

문제는 당장 이익이 없는 상황에서 적어도 15억 달러 이상의 대규모 투자가 이루어져야만 한다는 점이다.

르완다와 부룬디는 물론이고 DR콩고도 이러한 투자를 할 수 있는 재원이 없었다.

이를 위해서 룩오일NY가 아닌 소빈뱅크가 나섰다.

20억 달러를 투자하는 조건으로 동부와 서부 철도가 완공된 시점으로 70년간 두 철도의 소유권이 소빈뱅크에 속하게 되는 계약을 체결했다.

작년 말부터 올해까지 DR콩고와 르완다, 그리고 부룬디에 50억 달러에 달하는 대규모 투자가 이루어진 것이다.

이는 세 나라가 수십 년간 받았던 원조 금액보다 더 많은 투자 금액이었을 뿐만 아니라 아프리카 국가에 투자한 단일 투자금 중 최대 금액의 투자였다.

"진심으로 감사합니다. 강 회장님이 아니었다면 이 나라는 아직도 형제들끼리 피를 흘리며 싸우고 있었을 것입니다."

공항까지 마중 나온 미나쿠 대통령은 내 손을 힘껏 잡으며 말했다.

"아닙니다. 저 혼자만의 힘으로 해결된 것이 아닙니다."

"사실 저도 강 회장님의 말을 처음에는 반신반의했었습니다. 하지만 아프리카를 누구보다 진심으로 사랑하는 분이라는 것을 이젠 확신할 수 있습니다."

DR콩고를 방문하고 있는 르완다의 실권자인 폴 카가메 부통령의 말이었다. 카가메는 국방부 장관을 겸하고 있었다.

그 또한 나를 환송하기 위해 킨샤사 공항에 나왔다.

"예, 저는 아프리카를 사랑합니다. 이제 우리가 진행하는 사업들이 잘 마무리된다면 이 땅에도 가난이 물러갈 수 있을 것입니다."

"하하하! 듣기만 해도 좋은 말입니다. 우린 강 회장님을 진심으로 믿고 따른다고 해야겠지요. 이 땅에 주신 선물을 절대 잊지 못할 것입니다."

미나쿠 대통령은 큰 소리로 웃으면서 말했다.

"서방은 우리에게 독이 든 사탕을 주었지만, 강 회장님은 희망이 든 씨앗을 이 땅에 심어주셨습니다. 제가 있는 동안 르완다는 무조건 강 회장님을 따를 것입니다."

카가메 부통령 또한 내 손을 힘 있게 잡으며 말했다. 그의 말처럼 나는 말로만 끝내지 않았다.

약속했던 것 이상으로 세 나라에 가장 필요한 것들을 진행할 수 있도록 투자를 했다. 그 투자는 즉각적으로 이루어졌고 세 나라에 모두 도움이 되는 것들이었다.

세 나라의 주변 국가들도 이러한 일들에 놀라며 내가 제의한 중부아프리카 경제 연합체에 관심을 보이기 시작했다.

"하하하! 정말 고마운 말씀입니다. 함께하는 동반자로서 룩오일NY와 닉스코어는 세 나라에 기쁨을 주는 회사가 될 것입니다."

대규모 투자의 결실은 세 나라와 연관된 자원과 인프라 건립의 독점적 지위였다.

이는 향후 발전 가능성이 무궁무진해진 세 나라의 경제 전반에 대한 지배권의 확보이기도 했다.

지금 투자하는 자금은 10년이 지나면 적어도 수십 배에서 많게는 수백 배로 돌아올 것이다.

*　　　　*　　　　*

나를 태운 전용기가 모스크바 공항에 내렸다.

이번 러시아 방문은 소빈뱅크 직원들을 격려하기 위해서였다.

소빈뱅크는 녹아웃 옵션으로 일본 기업과 금융기관들을 초토화한 후 이번에는 일본 중앙은행을 상태로 총공세를 펼칠 예정이었다.

4월 초부터 하루에 엔화가 2~3엔씩 폭락해 불과 일주일 사이에 달러화가 80엔대 근처까지 곤두박질쳤다.

4월 17일 월요일, 소빈뱅크는 조지 소로스와 함께 총공세를 펼쳐 일본 외환시장을 가지고 놀 채비를 갖추었다.

2차 도쿄 대공습의 서막이었다.

나는 일본은행을 상대하는 소빈뱅크 국제금융센터를 방문해 이 모든 상황을 지켜보았다.

스베르타운 중에서 가장 높은 건물에 자리 잡은 국제금융센터는 코사크 경비대에 의해 완벽하게 보호받고 있었다.

소빈뱅크 국제금융센터에 근무하는 직원은 모두 57명으로 이들은 외환 거래는 물론이고, 원자재를 사고파는 선물거래도 담당했다.

시계가 가리키는 시간은 23시 50분이었다.

"시작은 시드니부터 시작할 것입니다."

국제금융센터를 맡고 있는 소로킨 마트베이의 말이었다. 러시아의 모스크바와 일본의 시차는 6시간이었고, 호주 시드니와는 9시간의 시차가 발생했다.

"시드니부터 시작하는 이유가 있나?"

"예, 도쿄의 외환시장은 일본 금융당국의 과도한 규제로 인해 독자적인 상황 판단을 통한 외환시세를 결정할 만한 판단력이 몹시 취약합니다. 그래서 뉴욕과 런던 외환시장의 시세가 곧바로 도쿄 외환시장에 반영되게끔 합니다. 하지만 오늘은 월요일이라, 뉴욕과 런던 외환시장이 주말에 쉬었습니다. 그래서 도쿄의 시세를 결정하는 잣대가 되는 것은 바로 시드니 외환시장입니다."

소로킨의 말이 무엇을 말하는지 알았다. 오늘 도쿄 외환시장의 바로미터가 되는 것은 먼저 개장하는 시드니 외환시장이었다.

"저희와 소로스가 시드니 외환시장에서 엔화를 대량으로 매입할 것입니다. 그러면 3시간 후에 열리는 도쿄 외환시장에서 엔화는 시작부터 상승세로 출발할 것입니다."

일본 시각으로 새벽 여섯 시에 문을 여는 시드니 외환시장은 시간 대상으로 일본은행의 개입이 어렵다는 구멍이 뚫려 있었다.

이러한 맹점을 최대한 이용해 소빈뱅크와 소로스 펀드 매니지먼트는 무더기로 엔화 매입 주문을 냄으로써 엔화를 강세로 출발시키는 작전을 시행하려는 것이다.

"음, 무슨 말인지 알겠네."

벽에 걸린 일곱 개의 시계는 주요 외환시장이 있는 각 나라의 시간대를 가리켰다.

시드니를 가리키는 시간이 오전 9시를 가리키자 첫 포문이 시작되었다.

"2억 달러를 매입해."

"소로스 측에서 3억 달러를 매입했습니다."

"지금 얼마냐?"

"83.58입니다."

사방에서 고함이 들려왔다.

전화기를 붙잡고 시세를 파악하는 인물들이 있는가 하면 컴퓨터 화면과 실제 거래 추이를 맞춰보는 인물도 있었다.

"1억 달러를 더 매입해."

시드니 외환시장에서 탄약을 다 쓸 필요는 없었다. 주목표는 도쿄 외환시장이었다.

도쿄 외환시장에서 엔화가 강세로 출발할 수 있게끔만 만들면 되었다.

소빈뱅크의 딜러들은 무조건 엔화를 사지는 않았다. 마르크와 엔화를 적절하게 사고팔며 시장의 흐름을 주도해가고 있었다.

새벽 6시가 넘어서는 지금, 일본은행의 관계자들은 아직 출근도 하지 않았을 시간이다.

*　　　*　　　*

개장을 앞둔 도쿄 외환시장은 분위기가 심각했다.

소빈뱅크와 소로스 펀드 매니지먼트가 시드니 외환시장에 개입했다는 정보가 개장 전부터 도쿄 외환시장을 술렁이게 만들었다.

분위기가 심상치 않다는 것을 딜러들은 예감했다. 일본 은행의 관계자들도 뒤늦게 시드니 외환시장에서의 엔화 거래가 비정상적이라는 것을 인지했다.

딜러들은 초조하게 시계를 바라보고 있었다. 시계의 초침은 오늘따라 더욱 느리게 움직이고 있는 것 같았다.

시간이 정확히 9시를 가리키자 거래가 시작되었다.

모두들 긴장한 채로 엔화 대 달러 환율을 지켜보았다.

"83.35엔!"

엔화 대 달러 환율은 83.35엔으로 거래가 시작되었다.

이것은 전 주말 뉴욕 외환시장의 폐장가 83.61엔보다 약간 오른 값이었다.

시드니 외환시장의 영향이 도쿄 외환시장에 적용된 것이다.

팽팽한 불안감이 도쿄 외환시장을 가득 메웠다. 소빈뱅크와 소로스의 공격에 속수무책으로 당했던 것이 바로 얼마 전이었다.

아니나 다를까, 거래가 시작된 지 20분쯤 지나자 엔화가 초강세를 보이기 시작했다.

소빈뱅크를 필두로 미국계 헤지펀드들이 도쿄 외환시장에서 보유하고 있던 마르크화를 대량으로 팔고, 대신 엔화를 대거 사들이기 시작했기 때문이다.

"83엔! 82.89엔!"

순식간에 엔화의 가격을 나타내는 그래프가 상승했다.

마르크화는 지난주 독일 분데스방크의 금리 인하로 달러당 환율이 안정되지만, 엔화는 일본은행의 고집스러운 금리 인하 반대로 여전히 불안정하다는 점을 이용해 마르크화로 엔화를 키우는 절묘한 투기 공세가 펼쳐진 것이다.

"2억 달러를 더 사!"

마르크화와 엔화의 균형이 깨지면서 마르크당 엔화의 환율이 오르자, 연쇄 작용으로 마르크화보다 취약한 달러화의 폭락이 시작됐다. 소빈뱅크와 소로스 펀드 매니지먼트의 노림수는 바로 이것이었다.

소빈뱅크와 소로스를 비롯한 헤지펀드들이 대대적으로 엔화 매입에 나서자, 보유하고 있는 달러화의 자산 감소를 우려한 일본 금융기관들과 종합상사를 비롯한 대만과 홍콩, 인도네시아, 싱가포르 등 아시아 정부 소유의 금융기관들도 맹목적으로 소빈뱅크의 뒤를 쫓아 엔화 사재기 경쟁에 동참했다.

"82.47엔!"

"82.21엔!"

엔화는 폭등하기 시작했다.

거래 시작 90분이 지난 10시 30분으로 흘러가자 도쿄 외환시장에는 자그마치 35억 달러어치의 엔화 매입 주문이 쏟아져 들어왔다.

엔화는 개장 거래 가격 83.35엔에서 81엔 선이 순식간에 깨지며 무서운 기세로 80.15엔까지 폭등했다.

불과 90분 만에 엔화의 환율이 5%나 오른 것이다. 하루 동안의 엔고 상승률로서는 사상 최고 기록이었다.

80엔 선이 깨지는 순간 도쿄 외환시장은 통제 불능에 빠질 수밖에 없었고, 가공스러운 패닉 상태로 이어지는 순간이었다.

"일본은행에서 개입했습니다."

기겁한 일본은행은 10억 달러를 풀어 달러화를 사들였다.

하지만 그것만으로는 역부족이었다.

"80.14엔!"

그때였다.

"일본은행이 금리 인하를 수용하기로 했습니다!"

마침내 일본은행이 그토록 반대해 온 정부의 금리 인하 요구를 수용하기로 했다는 것을 시장에 알렸다.

"엔화를 매각하고 달러를 사들여."

일본은행에 백기가 게양된 것을 본 소빈뱅크를 비롯한

투기 자본들은 언제 그랬냐 싶게 즉각 태도를 바꾸어 대대적인 엔화 매각에 나섰다.

일본은행은 환율의 안정을 위해서 달러를 살 수밖에 없는 상황이 된 것이다.

엔화가 80엔에 머물면 일본 기업들은 국제경쟁력을 상실하게 된다. 이날 도쿄 외환시장은 일본은행의 적극적인 개입으로 개장가보다 약간 떨어진 82엔대에 거래를 마감했다.

"앞으로 일본은행은 외환시장과 주식시장의 안정을 위해서 달러를 사들일 것입니다."

소로킨은 미소를 띠며 말했다. 이날 하루 소빈뱅크는 7억 달러의 이익을 보았다.

잘나가는 대기업이 1년 내내 벌어들이는 수익을 하루 만에 올린다는 것이 놀라웠다.

또한 소로킨의 말처럼 일본은행은 4월 한 달 동안 엔화와 시장의 안정을 위해 눈물을 머금고 121억 달러어치의 달러를 추가로 사들여야만 했다.

이 와중에 엄청난 환손실을 본 것은 두말할 필요도 없었고, 일본은행의 손실은 곧장 소빈뱅크의 이익으로 돌아왔다.

환율 전쟁의 무서움은 영국에 이어 일본까지 무릎 꿇게

만들었다.

소빈뱅크가 내 소유가 아니었다면 다음 타깃은 곧바로
대한민국으로 향했을 것이다.

『변혁1990』 28권에 계속…